U0358570

史事與史筆

辛德勇

读书随笔集

生活·讀書·新知 三联书店

图书在版编目（CIP）数据

史事与史笔／辛德勇著．—北京：生活·读书·新知三联书店，
2021.1
（辛德勇读书随笔集）
ISBN 978 - 7 - 108 - 07029 - 6

Ⅰ．①史⋯　Ⅱ．①辛⋯　Ⅲ．①随笔－作品集－中国－当代
Ⅳ．① I267.1

中国版本图书馆 CIP 数据核字（2020）第 255774 号

责任编辑　张　龙
装帧设计　薛　宇
责任印制　徐　方
出版发行　**生活·讀書·新知** 三联书店
　　　　　（北京市东城区美术馆东街 22 号 100010）
网　　址　www.sdxjpc.com
经　　销　新华书店
印　　刷　河北鹏润印刷有限公司
版　　次　2021 年 1 月北京第 1 版
　　　　　2021 年 1 月北京第 1 次印刷
开　　本　880 毫米 × 1230 毫米　1/32　印张 6.125
字　　数　122 千字　图 38 幅
印　　数　0,001 - 6,000 册
定　　价　58.00 元
（印装查询：01064002715；邮购查询：01084010542）

作者近照（黎明 摄影）

辛德勇，男，1959年生，北京大学历史学系教授，北京大学古地理与古文献研究中心主任。主要从事中国历史地理学、历史文献学研究，兼事中国地理学史、中国地图学史和中国古代政治史研究，主要著作有《隋唐两京丛考》《古代交通与地理文献研究》《历史的空间与空间的历史》《秦汉政区与边界地理研究》《建元与改元：西汉新莽年号研究》《旧史舆地文录》《石室賸言》《旧史舆地文编》《制造汉武帝》《祭獭食蹠》《海昏侯刘贺》《中国印刷史研究》《〈史记〉新本校勘》《发现燕然山铭》《学人书影（初集）》《海昏侯新论》《生死秦始皇》《辛德勇读书随笔集》等。

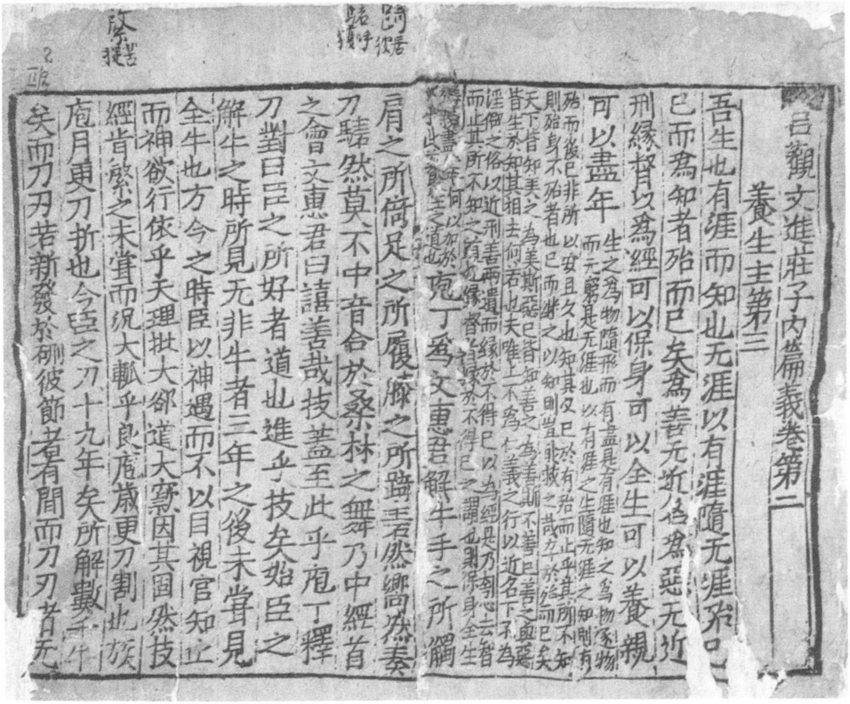

吕觀文進莊子内篇義卷第二

養生主第三

吾生也有涯而知也无涯以有涯隨无涯殆已而為知者殆而已矣為善无近名為惡无近刑緣督以為經可以保身可以全生可以養親可以盡年

庖丁為文惠君解牛手之所觸肩之所倚足之所履膝之所踦砉然嚮然奏刀騞然莫不中音合於桑林之舞乃中經首之會文惠君曰譆善哉技蓋至此乎庖丁釋刀對曰臣之所好者道也進乎技矣始臣之解牛之時所見无非牛者三年之後未嘗見全牛也方今之時臣以神遇而不以目視官知止而神欲行依乎天理批大郤導大窾因其固然技經肯綮之未嘗微大軱乎良庖歲更刀割也族庖月更刀折也今臣之刀十九年矣所解數千牛矣而刀刃若新發於硎彼節者有間而刀刃者无

图一　黑水城遗址出土北宋刻本《吕观文进庄子内篇义》残本

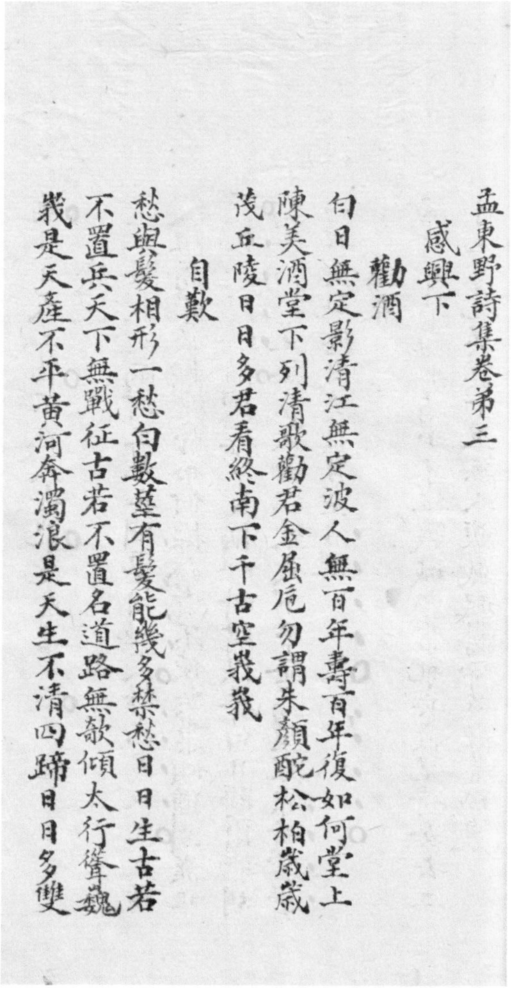

孟東野詩集卷第三

感興下

勸酒

白日無定影清江無定波人無百年壽復如何堂上陳美酒堂下列清歌勸君金屈卮勿謂朱顏酡松柏歲歲茂丘陵日日多君看終南下千古空峩峩

自歎

愁與髮相形一愁白數莖有髮能幾多禁愁日日生古若不置兵天下無戰征古若不置名道路無欹傾太行蜂蠆巍我是天産不平黃河奔瀾浪是天生不清四蹄日日多雙

图二　清张文虎节录本《孟东野诗集》（左）

图三　明万历刻本《三才图会》中的傀儡图（右上）

图四　所谓"孔子衣镜"镜背的图像与文字（右下）

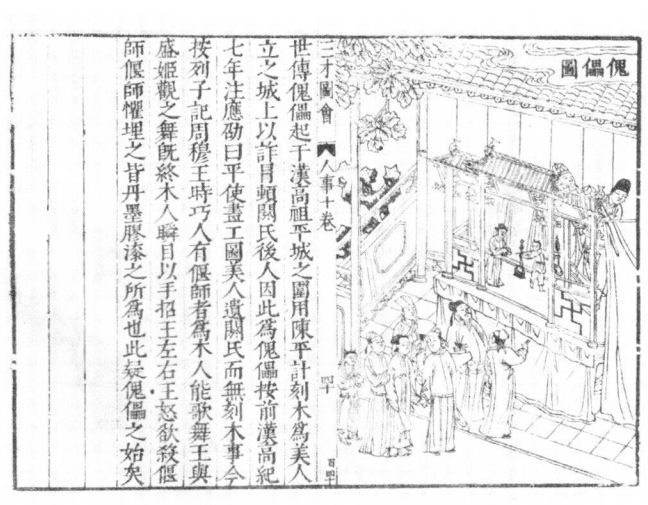

圖儡傀

師偃之所爲也此爲傀儡之始矣
師偃瞳埋之皆丹墨膠漆之所爲也此爲傀儡之始矣
盛姬觀之舞旣終木人瞬目以手招王左右王怒欲殺偃
按列子記周穆王時巧人有偃師者爲木人能歌舞王與
七年注應劭曰平使畫工圖美人遺閼氏而無刻木事今
立之城上以詐冒蝕閼氏後人因此爲傀儡按前漢高紀
世傳傀儡起于漢高祖平城之圍用陳平計刻木爲美人

平

百四

图五　宣统三年（1911）上海国学扶轮社铅印本
　　　《崇祯五十宰相传》内封面

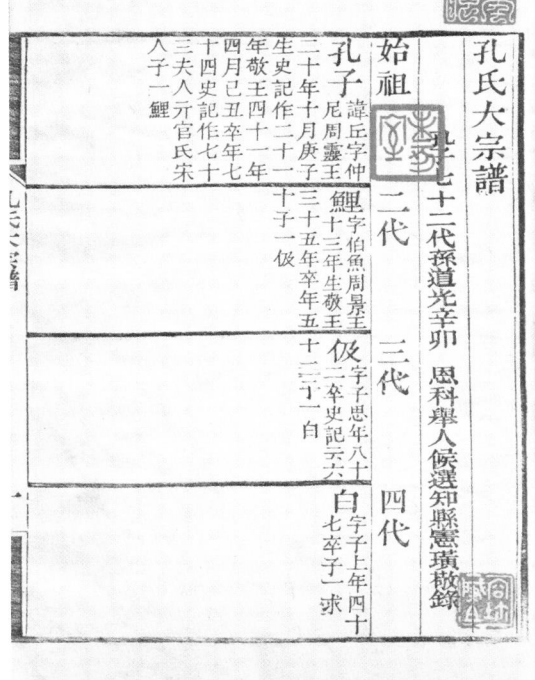

图六　清道光刻本《孔氏大宗谱》

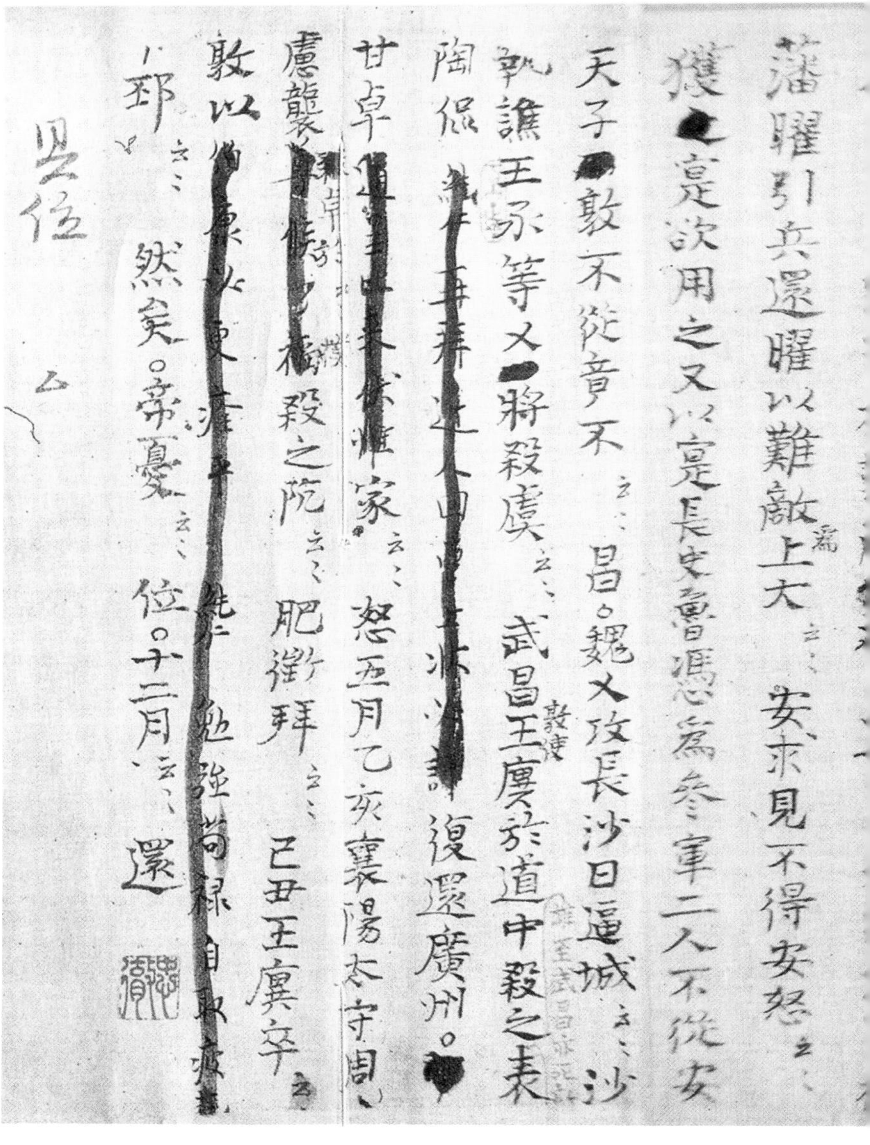

图七　《中华再造善本》丛书影印国家图书馆藏明弘治十四年
（1501）涂祯刻本《盐铁论》

永昌元年春正月乙卯改元。王敦自其新將作亂調

長史謝鯤〔二〕曰 體戊辰〔三〕隗稱巨軹〔三〕退沈充〔三〕

乙亥詔親帥六軍以誅大逆敦兄〔三〕敦遣使告梁

〔二〕侯正當〔三〕討之卓不從使人〔三〕死矣然得〔三〕史問計

八悝~曰鄙〔三〕舉兵討敦於是〔三〕說甘卓共討敦參

軍李梁說卓曰昔〔三〕福將軍但〔三〕代之矯謂梁曰審

離於天下未寧之時故得以文服天子非今比也使大

將〔三〕辛且〔三〕逆說卓曰王氏〔三〕乃露〔三〕討廣州

刺史陶〔三〕懇嬰城固守甘卓遺承書許以兵出

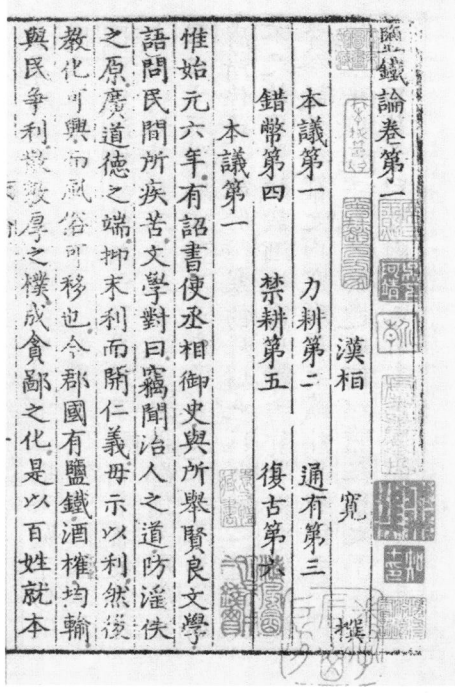

鹽鐵論卷第一

漢桓寬撰

本議第一　力耕第二　通有第三
錯幣第四　禁耕第五　復古第六

本議第一

惟始元六年有詔書使丞相御史與所舉賢良文學
語問民間所疾苦文學對曰竊聞治人之道防淫佚
之原廣道德之端抑末利而開仁義毋示以利然後
教化可興而風俗可移迨今郡國有鹽鐵酒榷均輸
與民爭利散敦厚之樸成貪鄙之化是以百姓就本

图八　司马光《资治通鉴》手稿

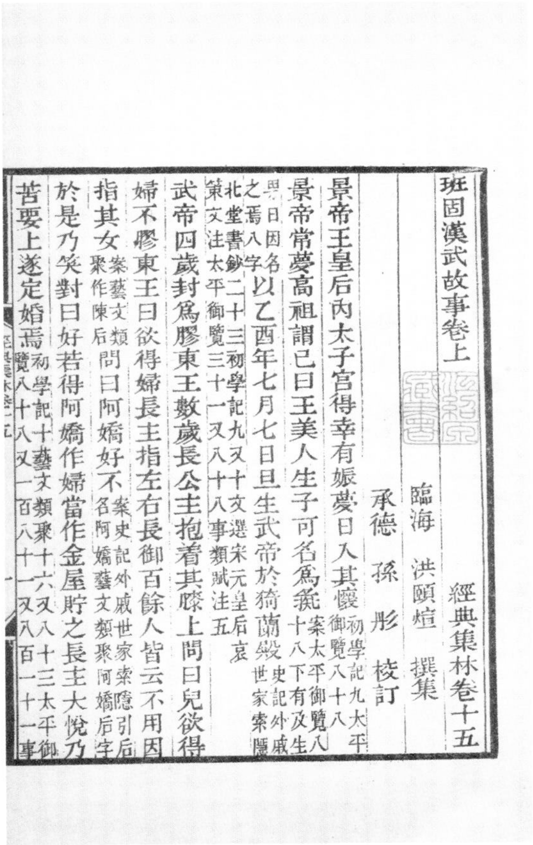
班固漢武故事卷上　　　　經典集林卷十五

臨海　洪頤煊　撰集

承德　孫　彤　校訂

景帝王皇后內太子宮得幸有娠夢日入其懷初學記九太平御覽八十八

景帝常夢高祖謂己曰王美人生子可名爲彘案太平御覽八十八下有及生男日因名之焉八字以乙酉年七月七日旦生武帝於猗蘭殿史記外戚世家索隱北堂書鈔二十三初學記九又十文選宋元皇后哀策文注太平御覽三十一又八十八事類賦注五

武帝四歲封爲膠東王數歲長公主抱着其膝上問曰兒欲得婦不膠東王曰欲得婦長主指左右長御百餘人皆云不用因指其女案藝文類聚作陳后問曰阿嬌好不案史記外戚世家索隱引后名阿嬌藝文類聚阿嬌后字於是乃笑對曰好若得阿嬌作婦當作金屋貯之長主大悅乃苦要上遂定婚焉初學記十藝文類聚十六又八十三太平御覽八十八又一百八十一又八百一十一事

图九　清嘉庆刊《问经堂丛书》本《经典集林》中的《汉武故事》辑本

图十　云南玉溪李家山出土西汉时期二虎一豹噬牛扣饰

总　序

　　三联书店这次同时帮我出版六册小书。册数多了，内容又显得七零八落，于是需要对此做一个总的说明。

　　人生在世，本来有很多事可以做；即使像我这样的书呆子，除了自己读书，还是可以兼做一些社会工作的，我也很愿意去做一些这样的工作。

　　当年之所以从社科院历史所断然离去，并不是因为我太清高，不想做俗事。对自己的学术研究，我从来就没有什么高远的期许。像我这样中小学教育都接近荒废的人，在那样一个特殊的文化断层年代，连滚带爬地竟成了个做学问的人，没有任何自负，只有暗自庆幸，庆幸自己的侥幸。要是能够在这个国家融入世界的过程中，有机会直接为社会做出一些努力，同样会感到十分庆幸，那是难得的福分。

　　可是，当你尝试做一些事儿的时候，很快就会明白：你面对的是一块铁板，实际上什么也做不了。剩下的，就只有困守书斋，自得其乐了。

讲这话的背景，是我这一代人的社会理想。所谓"我这一代人"，实际上是指与七七、七八级大学生同期的那一个群体。这些人中年龄大的，比我上大学的年龄要翻个番，我属于那一批人中年龄垫底的小字辈儿。但我们还是有大体相似的成长经历，因而也有着相似的社会理想和人生情怀。

时光荏苒，世事沧桑。现在，到这一代人渐渐离去的时候了。伴随自己的，只剩下房间里的书。

一个人的生活，单调到仅仅剩下读书，不管写什么，当然也就都离不开读书。因读书而产生的感想，因读书而获得的认识，还有对读书旧事的回忆，等等。所以，这套小书总书名中的"读书"二字，就是这么来的。

如果一定要说自己在读书过程中有什么比较执着的坚持，或者说有什么自己喜欢的读法的话，那就是读自己想读的书，用自己觉得有意思的方式去读。多少年来，我就是这么走过来的。

细分开来，大致可以举述如下几个方面的做法来说明这一点。

一是读书就是读书，没什么读书方法可谈，更没什么治学方法可说。读书方法和治学方法，是合二而一的事情。论学说学的人，问学求学的人，不管教员，还是学生，讲究这一套的人很多，或者说绝大多数人都很讲究这一套，都很喜欢谈论这一套。可对于我来说，或许勉强可以算作一种读书治学方法的东西，好像只有老师史念海先生传授的"读书得间"和另一位老师黄永年先生传授的"不求甚解"这八个字（两位老师对我都非常好，估计也不会另有什么锦囊妙计秘而不传）。除此之外，别无他法。我一直是随兴之所至，想读什么就读什么，读到哪儿算哪儿。既没有能力，也没有丝毫意愿去参与这类所谓"方法论"问题的议论和纷争。

正因为如此，这六册小书里虽然也有个别文稿，由于种种原因，看似谈及所谓读书方法问题，但是：其一，这些话都卑之无甚高论，根本上升不到方法论的高度；其二，写这些文稿都有特殊的原因，一定程度上乃不得已也。大家随便看看就好，把它更多地当作一种了解我个人的资料来看或许会更恰当一些。

二是喜欢读书，这只是我自己的事儿，既与他人谈论什么无关，也与学术圈关注的重点、热点无关。以前我说过两句像是自己座右铭的话："学术是寂寞的，学术是朴素的。"做学术研究，首先就是读书，因而也可以改换一个说法，即读书是寂寞的，读书是朴素的。对于我来说，读书生活的寂寞，最突出的表现就是静下心来读自己的书。天下好玩儿的书有好多，我对那种一大堆人聚在同一个读书班里读同一段书的做法，一直觉得怪怪的，很是不可思议。

三是读书过程中遇到什么问题就自己思索，很不喜欢凑集一大堆人七嘴八舌地讨论同一个问题。若是遇到的问题超出自己既有的知识范围，那么，就去找相关的书籍阅读，推展自己的知识范围，学习新的知识。我一直把治学的过程，看作学习的过程。自己觉得，这样读书，有些像滚雪球，知识这个"球"就会越滚越大。我习惯用平常的知识来解决看似疑难的历史问题，而不是依仗什么玄妙的方法。所以，安安静静读书求知，对我很重要。

"读书"之义，介绍如此，下面再来谈"随笔"的意思。

"随笔"二字既然是上承"读书"而来，单纯就其字面含义来讲，倒容易解释，即不过是随手写录下来的读书心得而已。不过这样的理解，只适合于这六册小书中的一部分文稿，若是就全部文稿而言，这样的解释显然是很不周详的。

总的来说，我写这些"随笔"并不随便，都是尽可能地做了比较认真的思考，或是比较具体的研究，其中相当一些文稿还做了比较深入细致的论证和叙说，只是在表现形式上，绝大多数文稿，从文体到句式，都没有写成那种八股式的学术论文而已。另外，从这六册小书的书名可以看出，这套"随笔"所涉及的范围，从"专家"的标准来衡量，似乎稍微有点儿过泛过杂，或者说太有点儿随心所欲，不过这倒和"随笔"的"随"字很搭。

综合内容和形式，收录在这六册小书里的文稿，大致包括如下几类。

第一类是追念学术界师友或回忆自己往事的文稿。不管是旧事，还是旧情，都是当代学人经行的痕迹，在很大程度上也都体现着我本人的心路历程。年龄越来越大了。虽然没有什么了不得的经历和见识，但时光在飞速流逝，当年寻常的故事，后来人也许会有不寻常的感觉。以后在读书做研究的余暇，我还会继续写一些讲述以往经历的文稿。

第二类是一般意义上的学术随笔。读书有得而记，有感而发。其中有的内容，已经思考很长时间，有合适的缘由，或是觉得有写出的必要，就把它写了下来；有的内容则是偶然产生想法，一挥而就。虽说学术随笔归根结底只不过是一时兴到之作，但我不管写什么，都比较注重技术性环节。这是匠人的本性使然，终归没有什么灵性。

第三类是一些书序和书评，其中也包括个别拙著的自序。写这些文章，虽然有时候免不了会有情谊的成分，会有程序性的需求，但我仍一贯坚持不说空话废话，而是努力讲自己的心里话，谈自己对相关问题的思考、感想和看法。这些话，有的还不够成熟，写不成专题论文；有的就那么一星半点的知觉，根本就不值得专门去写；有的以前做过专门论述，但论证往往相当复杂，或者这些内容只是庞大论证过程中的一个很小环节，读者不一定注意，现在换个形式简单明了地写出来，更容易让大家了解和接受。总之，不拘深浅，不拘形式，更不管别人高兴还是不高兴，我总想写出点儿自己的东西。

第四类是最近这几年在各地讲演的讲稿。近些年，社会文化生活的形式出现了一种新的现象，很多非专业的人士，对历史文化知识产生了浓厚的兴趣，而且不再满足于戏说滥侃，需要了解一些深入严谨的内容。由于没有受过专业训练，在阅读相关书刊之后，这些人士很愿意通过面对面的接触与互动，更好地理解相关的知识。另一方面，一些大学在读的本科生、研究生，也有同样的需求。这样，就有许多方面组织了学者与读者的会面，我也参加过一些这样的活动。收录在这六册小书里的讲稿，大多就是我参加这类活动时的"作业"。当然也有部分讲稿是用于其他学术讲座的稿子。

这些讲稿有的是很花费工夫的专题研究，只是因为有人让我去讲，我就用讲稿的形式把相关研究心得写了出来；还有的讲稿，是为适应某种特别的需要而临时赶写，难免不够周详。相信读者很容易看明白这一点。

另有很大一部分讲稿，是为我新出版的书籍或者已经发表过的论文，面向读者所做的讲说。其中，有的是概括介绍拙作的主要内容、撰著缘起、内在宗旨、篇章结构等；有的是对书中、文中相关内容的进一步引申、发挥或更加深入的研究；有的是针对某些异议，说明我的态度和思辨方法。

我的目的不是想让读者或是他人一定要接受我的学术观点，但我希望通过这些努力，能够帮助那些想要了解敝人学术看法的人尽可能准确地理解我想说的到底是什么。这一点看似简单，其实却很不容易。我只能尽力而为，但无须与人争辩。当然在这样的讲述过程中，我常常还会谈到一些其他的知识，希望这些内容也能够对关心我的读者有所帮助。

总的来说，我自己是比较喜欢这些"随笔"的，它不仅拉近了我和读者的距离，更给了我机会，在这些文稿里讲述一些不便写在"正规"学术文章中的内容。希望读者们也能喜欢。

至于这六册小书的归类，不过是按照内容大体相近而略作区分而已。不然，一大本书太厚，没法看。

2020 年 3 月 30 日记

目　次

自　序 · I

谈谈所谓"卫氏集团"和"李氏集团" · 7

古诗何以十九首 · 3I

黄河奔浊浪，是天生不清
　　——合理认识人为因素对黄土高原水土流失和
　　黄河水患的影响 · 6I

独枕宦者绝天下乎？ · 75

谈卫太子起兵的一个关键因素 · 83

天子绝无罪己诏 · 87

历史大潮中的废皇帝还有他读过的那些书 · 93

强国之君的亡国之臣 · 117

孔家有女 · 127

中兴与更生 · 133

从《制造汉武帝》到《海昏侯刘贺》
　　　　——我所认识的宫廷政治与帝王形象 · 145

就《制造汉武帝》答凤凰网记者问 · 155

谈《海昏侯刘贺》与《制造汉武帝》
　　　　——答关中大书房友人问 · 171

自　序

　　《辛德勇读书随笔集》系列中的这一册《史事与史笔》，大致包括如下两方面的内容：一是论述一些历史问题；二是讲说自己出版的一些书，所谓"史笔"，是指这些书的写法。

　　这些文稿所述及的历史问题，看起来比较零落，相互之间没有多大联系。这当然是由于我没有定性，做研究没有计划和目标，因而也就没有确定的主题和范围，遇到什么好玩的问题就研究，高兴了就随手写下一篇，所以就成不了一个体系。

　　我"起家"的学术专业是历史地理学，可是离开核心学术圈稍微远一点儿的读者，很多人却完全不了解这一点。这种情况，固然同我这些年来对历史地理方面的研究做得比较少有关。但在另一方面，也是由于历史地理这个学科比较偏僻，了解它的人比较少；特别是那些很专门、很深入的学术探讨，大多数这一行之外的历史学者都根本看不懂，更不用说那些非专业的普通读者了。

　　收在这本小书里的《黄河奔浊浪，是天生不清——合理认识人为因素对黄土高原水土流失和黄河水患的影响》这篇讲稿，就是如此，讲的是非常专门的历史地理问题。这篇稿子是根据旧日一篇很长的论文改订而成的，虽然相对于原来的专题学术论文，已经浅易了很多，外行恐怕仍然不大容易理解。在这里和大家稍微讲讲这篇文稿，并不是要说服读者一定去读懂它的内容，而是想借助它来说明一下我的研究方式和表述方式，还有我解析历史问题的基本出发点。

近年来很多人对我有所了解，同《制造汉武帝》《海昏侯刘贺》《发现燕然山铭》《生死秦始皇》这几本书具有很大关系。其中有些读者，对我直截了当地否定某些著名学者的经典性观点或是学术界作为定论通行已久的说法，觉得有些诧异。

在大的学术研究表述方式方面，这些读者是看惯了近几十年来中国大陆的官样学术论著，以为那种写法就是标准的模板。殊不知所谓学术研究，就是要旗帜鲜明地提出自己不同于他人的看法。

你要是模棱两可，自己都不知所以然或者不敢明明白白地讲出个所以然，那还写它干啥？在我看来，对于绝大多数历史问题来说，正与误，是与非，都是汉贼不两立的事情。在已有值得重视的成说存在的情况下，有所立就必须先有破；旧的不破，新的就不得立。这是学术研究应有的定规。

在私心旧情方面，某些只了解自己狭小专业状况的人，一看到我对他和他这个学科内部所尊崇的学者提出不同见解，就以为这是越界者才会做出的刻意的冒犯，完全不知道敝人做研究一向是这种态度，对自己不认同的观点，不管是哪一个学科的学者，我都一样对待。

《黄河奔浊浪，是天生不清——合理认识人为因素对黄土高原水土流失和黄河水患的影响》这篇讲稿，其主旨乃是直接针对历史地理学泰斗谭其骧先生的重要学术观点而展开的（具体的论述，见于谭氏《何以黄河在东汉以后会出现一个长期安流的局面——从历史上论证黄河中游的土地合理利用是消弭下游水害的决定性因素》一文），而谭其骧先生是除了我的导师史念海先生之外，我最钦敬的历史地理学家。

透过这一研究，大家可以很清楚地看到我的学术态度。那么，有些读者或许会问："既然你那么钦敬谭其骧先生，为什么非要做这项研究不可？历史地理研究有那么多题目，为什么不去研究别的问题？"

这是因为这个问题重要，而且不是一般的重要，是太重要了。谭其骧先生论述黄河下游的河道变迁，将其首要原因归结为中游的水土流失。后来包括史念海先生在内，中国历史地理学界对黄土高原植被变迁与水土流失的研究，对全国其他地区植被变迁与水土流失的研究，可以说都是渊源于此。

因此，可以说这是一项在学术史上具有里程碑意义的研究。强自比较一下，若论在各自学科里的价值和影响，它可比田余庆先生《论轮台诏》一文在秦汉史上的地位与作用大得太多，只是由于懂得历史地理学的人很少，即使是中国古代史领域的大牌教授们也是知之者无多。正因为如此，我提出的同谭其骧先生不同的看法，也就不会像写《制造汉武帝》那样受到社会的广泛关注。做学术研究，尽管我会尽量努力接近更多的社会公众，但还是讲不得流行不流行、接受不接受的道理，这终究是一个孤寂的行道；甚至可以说是一项天知地知还有自己心知的事业。

谭其骧先生这一研究对后来研究的巨大影响，主要体现在研究的方法和范式上，而我所提出的不同意见，恰恰就是直指这样的研究方法和范式。

在这一研究中，谭其骧先生紧紧抓住植被变迁与水土流失的因果关系作为着力点，这本来极具学术眼光，至今仍无可非议。可是研究历史地理问题同研究所有历史问题一样，如果一上来就把着眼点过分聚焦于某一项要素，往往就很容易忽略历史事件的复杂性，以致未能捕捉到真正的主要因素。

按照我的看法，谭其骧先生在这个问题上的不足或者说失误，就是没有充分考虑影响黄河下游河道决徙频发的诸多其他因素，特别是河道的情况——战国中期以来形成的单一固定河道以及此等河道的变化状况，应该是更加重要的因素。由此出发，进一步引申，自然又会触及黄河中游水土流失过程中的"自然侵蚀量"和"人为加速侵蚀量"的问题。这反过来会促使我们更加合理地认识人为因素在黄土高原水土流失过程中的作用——历史时期所谓"人为加速侵蚀"，只不过是在"自然侵蚀"基础上的很小一部分叠加而已。

这样思考问题与对待问题，我们的认识才能逐渐走向深入。由这个具体的研究事例，我联想到胡适先生一段关于古代文史研究方法的话：

　　治历史的人，应该向这种传记材料里去寻求那多元的、个别的因素，而不应该走偷懒的路，妄想用一个"最后之因"来解释一切历史事实。无论你抬出来的"最后之因"是"神"，是"性"，是"心灵"，或是"生产方式"，都可以解释一切历史：但是，正因为个个"最后之因"都可以解释一切历史，所以都不能解释任何历史了！……所以凡可以解释一切历史的"最后之因"，都是历史学者认为最无用的玩意儿，因为他们其实都不能解释什么具体的历史事实。（见《中国新文学大系·建设理论集》之《导言》）

这话比我所谈的又升高了一个层次，但基本原理是相通的。

　　按照我的理解，历史研究的价值和意义，就在于面向每一个具体的历史问题，解决每一个具体的历史问题，而每一个具体的历史事件，往往都有其特定的历史因缘，这就意味着用某种单一的、贯穿一切的方法或范式来分析历史问题、解决历史问题，不仅在研究方法上是贫乏的，也是有害无益的，它往往会误导我们失去对那些真正具有决定性意义的个性化机制的关注，从而丧失揭示历史真相的机会。重要的是，我们应该充分理解胡适先生所讲的那句话，即"凡可以解释一切历史的'最后之因'，都是历史学者认为最无用的玩意儿，因为他们其实都不能解释什么具体的历史事实"。

除了《黄河奔浊浪，是天生不清——合理认识人为因素对黄土高原水土流失和黄河水患的影响》这篇讲稿所涉及的历史研究的复杂性之外，这本《史事与史笔》中研讨史事的文稿，在所探讨的具体对象之外还会顾及的一个普遍性方法论问题，乃是历史活动的偶然性。

关于这一点，在《谈谈所谓"卫氏集团"和"李氏集团"》这篇讲稿中，有比较突出的体现。这篇讲稿，针对以"集团"划定政治斗争派别的通行观点，特别强调了具体个人利害关系对国家政治进程的影响。研究者若是忽视显而易见的历史活动而刻意求深，非要用个人头脑里既有的"规律性"脉络强自归拢史事，则只能构建出一座座虚幻的空中楼阁。希望读者在具体史事分析的基础上，对我这一研究的着眼点和着力点也都能够有所关注。

至于这本小书中属于"史笔"的那几篇文稿，都是就我已经出版的书籍加以说明，都属于对既有成果的进一步表述，在很大程度上也都属于对历史认识的表述形式问题。希望这些文稿能够帮助读者更好地理解我对相关问题的认识。不过从更深一层实质性意义上来看，所谓"史笔"的运用，同对"史事"的认识，本是合二而一的事情，二者之间是具有内在关联的。

2020 年 4 月 2 日记

谈谈所谓"卫氏集团"和
"李氏集团"

衷心感谢母校历史文化学院的热情邀请，给我这个机会，来和各位校友交流。

前几年偶然在三联书店出版了一本小书，名为《制造汉武帝》，也许是因为书名有些撩人，也许是因为观点过于标新立异，引起社会上很大关注。

今年（2018）8月，这本小书，又出版了一部增订本，较初版本增加了两篇文稿，一篇是《〈制造汉武帝〉的后话》，另一篇是《汉武帝太子据施行巫蛊事述说》。

《〈制造汉武帝〉的后话》是对本书撰述旨趣的全面阐释，也针对读者疑惑的主要问题，谈了我的态度和想法。我想，这对大家阅读这本小书会有很大帮助，同时也有助于读者了解我的治学理念。增入《汉武帝太子据施行巫蛊事述说》，是因为很多人读到拙著之后，对卫太子竟然给他老爹汉武帝搞巫蛊之术，感到无法接受，也有人正式发表学术论文对拙说加以批驳。这篇文稿，就是针对这一情况而特地撰写的，是对这一问题的补充说明，对理解卫太子的行事，会有重要帮助。

在针对拙作的批评、讨论和议论当中，我注意到，谈起卫太子对汉武帝施行巫蛊之术，有很多人还会用一个"政治集团"的概念来解释相关史事。我写的另一本小书《海昏侯刘贺》，也述及武帝以及昭宣时期的宫廷政治，评论者同样也很容易谈到"集团"这一概念。简单地说，许多人动不动就说"卫氏集团"如何如何，"李氏集团"如何如何。我看到这些语句，觉得是很好玩儿的。

下面就和大家谈谈，这么严肃的学术问题，我为什么觉得它好玩儿。我想，这也会帮助大家更好地理解《制造汉武帝》。

一 "集团"分析这一研究"范式"的由来 以及"集团"的界定

提出"卫氏集团"和"李氏集团"，方诗铭先生是一位较早，也较有代表性的学者。其观点刊布在《西汉武帝晚期的"巫蛊之祸"及其前后——兼论玉门汉简〈汉武帝遗诏〉》这篇文章中，而这篇文章发表的时间，是在1987年（文刊上海古籍出版社出版的《上海博物馆集刊》第4期）。

明确这一时间很重要，它可以帮助我们思考方诗铭先生发表这篇文章的学术背景。请注意，田余庆先生的《论轮台诏》一文，是在此三年之前刚刚发表的。当时，"文革"结束未久，中国大陆的历史学研究还多笼罩在僵化的历史唯物主义学说之下，像《论轮台诏》这样的论文，在当时是非常惹眼的；况且在那个时候，学术刊物也很有限，它又刊布在头等重要的"权威"刊物《历史研究》上（1984年第2期），方诗铭先生不可能没有看到田余庆先生这篇文章。

由于田余庆先生在《论轮台诏》中述及巫蛊之变时，是用汉武帝与戾太子之间两条治国路线的斗争来做阐释，而方诗铭先生切入的视角是所谓"卫氏集团"和"李氏集团"这两大政治集团之间的权力争夺，这也就意味方诗铭先生并不赞同田余庆先生刚刚提出来的新认识。

按照我个人的看法和习惯，作为一项严谨的学术研究，对于像《论轮台诏》这样与自己的论题直接相关的既有论著，只有觉得它无足轻重，才会不予理睬。方诗铭先生虽然比田余庆先生年长几岁，但估计不会如此倨傲，可是却依然只字未提田余庆先生的文章。我想，这可能更多地是基于他自己的学术表述方式；至少对这一问题，他更想用这样一种方式来展开自己的论述。

但在我看来，方诗铭先生后提出的观点和田余庆先生先行的研究，这二者是互不兼容的，没有两说并存的余地。在这种情况下，若不对田余庆先生的说法做出应有的评判和否定，方诗铭先生所表述的观点，便犹如脱离现实的学术环境而面壁独语，或者说更像是"悟道"，作者本人虽坚信不疑，读者却很难切实地认识其学术价值。

不管怎样，透过这篇文章，我们可以清楚地看到，方诗铭先生并不认为在汉武帝与戾太子之间存在有治国路线的斗争。

这也告诉我们，在田余庆先生提出其观点之后，学术界是颇有一些人不予认同的，并不像现在很多人读了相关教科书或是接受某些人特别的宣传以后所想象的那样风靡学界。

尽管在这一点上我和方诗铭先生有着相同的看法，但我并不赞同他的"集团分析法"。

为了更好地认识这一问题，我们首先需要在一个更大的背景下，来看一下方诗铭先生为什么会做出这样的分析。

"文革"结束以后，中国的历史学研究和所有学术研究一样，在较长时期内，曾经逐步走向开放，僵化的历史唯物主义观念，特别是阶级斗争这条主线随之渐渐被绝大多数研究者放弃。正是在这一转变历程当中，我们首先看到了田余庆先生的《论轮台诏》，此文虽然放弃了教条的生产力、生产关系的说教，却依然像以往一样，试图挖掘出历史表象背后潜藏的内在实质，于是，便把平常的宫廷权力斗争提升到了两条治国路线斗争的高度来加以解说。与田余庆先生的《论轮台诏》相比，方诗铭先生的《西汉武帝晚期的"巫蛊之祸"及其前后——兼论玉门汉简〈汉武帝遗诏〉》显然又前行一步，他把巫蛊之变这一政治事件，放回到宫廷权力斗争的层面，这自然更加切实，也更符合历史的实际，不过他仍然在追求一种宏大的、概括性的叙述，不仅仅满足于对具体细节的认知和对具体原因的深入剖析，声称对统治阶级内部的重大政治争斗，是不能用个人之间的嫌隙去解释的，于是，便引入了"集团"这一概念。

现在有很多人，喜欢用国语念叨这么一句很无聊的洋话：

"一切历史都是当代史。"如果把这句无聊的洋话理解成或是解释成当代的社会实际会对学者的研究造成不可避免的影响的话，那么，不管是田余庆先生瞩目的"路线"，还是方诗铭先生着眼的"集团"，都可以在他们身后那个时代里找到投射的光源。

当然这样的思考方式也不是没有历史的渊源，若是进一步从学术的传承来看，类似的分析，在改革开放以前就已经存在了。譬如在唐史研究领域，有所谓"永贞革新"一说，乃谓唐顺宗时期以王叔文为首的政治集团，代表着所谓"革新"的政治"路线"，他们展开"革新"的运动，是要同与之对立的宦官、藩镇等守旧势力做斗争（这一说法的种种谬误之处，详见黄永年先生《所谓"永贞革新"》一文，收入先生文集《唐代史事考释》，联经出版事业公司，1998年）。这样的政治集团和路线斗争分析，又见于田余庆先生在上世纪60年代参与编写的《中国史纲要》一书（人民出版社，1983年），只不过还没有加入士族、庶族之类的阶级分析而已。就是在这部《中国史纲要》中，田余庆先生已经用非常简短的文字初步表述了他对汉武帝晚年政治取向的基本看法。

再进一步揣摩其具体取法的典范性研究，或许不能不谈及学者们倾心仰慕的陈寅恪先生。像陈寅恪先生关于"关陇集团"的著名论断，我相信，不管是对田余庆先生来说，还是对方诗铭先生来说，一定都会有所影响。譬如，2013年年初，田余庆先生在一次接受《上海书评》的采访时就极为钦敬地谈道："关陇本位之说是一个大学说，贯通北朝隋唐，读过的人都受启发，终身受益。"只是与这些既有的典范性研究相比，在我眼中，现实生活的影响可能会更强烈一些。

研究古代的政治问题，特别是涉及权力斗争的问题，联系现实，比照现实，确实更容易看到史事的内在本质，但这样的分析，既然是超逸于表象以揭示其内涵的意蕴，也就意味着在分析的过程中，研究者特别需要对自己的"大胆假设"做出谨严的"小心求证"。

就像各位朋友所看到的那样，按照我的看法，田余庆先生把汉武帝与庚太子之间的冲突看作"尚功"抑或"守文"的路线之争，就是因为忽略审辨史料的可靠性而造成的一项误解。又如前面讲述的所谓"永贞革新"问题，其实也并不具有什么不同于以往的政治变革。之所以会造成这些我所认为的失误，其重要缘由之一，就是研究者对相关基本史实缺乏足够审慎的辨析和论证。

现在方诗铭先生想要用"卫氏集团"和"李氏集团"这两个集团的对立和冲突来解释汉武帝时期的政治斗争，依然需要面对同样的问题：是不是有足够强硬的史料来支撑他所做出的集团划分？不过在进入这一问题的讨论之前，我们还是先来看一下前人所说政治集团一般是以什么指标为依据来加以界定的。

在这方面，对于包括方诗铭先生在内的当代学者来说，陈寅恪先生对关陇集团的判别，可以说是一个具有典范意义的个案。所以，下面就先看一看究竟什么是"关陇集团"。

我的老师黄永年先生，按照陈寅恪先生在《唐代政治史述论稿》中讲述的情况，对这一问题做过归纳，其特点大致有二：

　　（1）在关中本位政策指导下形成的关陇集团，是"融冶关陇胡汉民族之有武力才智者"；（2）此集团中人"入则为相，出则为将，自无文武分途之事"。（见黄永年先生《从杨隋中枢政权看关陇集团的开始解体》，收入先生文集《文史探微：黄永年自选集》，中华书局，2000年）

其实这里总结的只能说是所谓"关陇集团"的人员构成特点和这些人的身份及行为特征，还没有说明究竟为什么要把他们划归同一"集团"；换句话来讲，就是还没有清楚说明把这些人归入同一"集团"的理由是什么。

　　然而即使是这样，在我们姑且假设所谓"关陇集团"确实存在的前提下，这一集团的存续时间也只限于西魏北周时期。至杨坚以隋代周之后，"关陇集团"便开始出现变化；逮炀帝杨广时期，即正式宣告解体，李唐初年已不复存在（说详黄永年先生《从杨隋中枢政权看关陇集团的开始解体》和《关陇集团到唐初是否继续存在》这两篇文章，后者亦收入先生文集《文史探微：黄永年自选集》）。

　　更为重要的事实是，西魏、北周所统辖的区域仅有关陇地区，其统治阶层若非关陇人士又会到哪里去招聘呢？难道还会有什么"江左集团"或"河北集团"左右朝政吗？会有滞留于东魏、北齐乃至南朝的关陇人士竭诚投效并结成一个强大的政治集团吗？可见在研究北朝和隋唐历史时，搞出"关陇集团"这样的名堂，并没有什么实质性意义，甚至可以说是多此一举，还会导致相关研究迷失于歧途。

在学术研究中，我们会碰到很多与此类似的情况。人们只关注提出某一说法的学人有多深的造诣和影响，竞相登到名人搭起的梯子上以展开自己的研究，而不对这个梯子是否坚实可靠稍加打量。危乎高哉，同时也就险乎高哉。

我在大学本科是学习地理学的，毕业前自己摸索着学习历史地理学的基础知识，毕业论文也尝试着就此做一点儿练习，题目是《试述石器时代东北地区的聚落》。在这篇习作中，为了说明石器时代的聚落多傍河而居这一情况，我先引述俄国早期地理学家列夫·伊里奇·梅茨尼可夫的话："河流是文化诞生和发展的主要因素。"接着又引述马克思和恩格斯在《德意志意识形态》里讲过的话："我们首先应当确定一切人类生存的第一个前提，也就是一切历史的第一个前提，这个前提是：人们为了能够'创造历史'，必须能够生活。但是为了生活，首先就需要衣喝住穿以及其他一些东西。因此第一个历史活动就是生产满足这些需要的资料，即生产物质生活本身。"这些话讲得对是对，甚至是绝对正确的，但若是像幼稚的我那样移用它来说明人类聚落傍河而居的现象，就像把"关陇集团"这一概念仅仅用于西魏北周的政治史研究一样（当然陈寅恪先生的本意并非如此，他是用以阐释隋唐的历史），何苦来的呢？如果不是威名赫赫的陈寅恪先生业已提出在先，而是由其他什么学人提出西魏北周存在着一个控制军政大权的"关陇集团"，那么，它在世人的眼里，大概就像我在本科毕业论文中引述西方先贤"语录"

的做法一样，看似深刻，其实是很幼稚的。

具体的历史活动，是复杂而又多姿多彩的，研究者抽象的概括，往往会有很大风险，需要慎之又慎。就普遍的方法论意义而言，我认为，只有先科学地确定所谓"集团"的含义，才能合理地界定历史时期实际存在的政治集团，并且合理而又有效地分析各个政治集团，进而判明政治纷争的真相和实质，对所谓"卫氏集团"和"李氏集团"的研究也是这样。

二　何有"卫氏集团"和"李氏集团"？

方诗铭先生划定的卫氏集团，以武帝卫皇后亦即卫子夫为首，具体成员如下图所示：

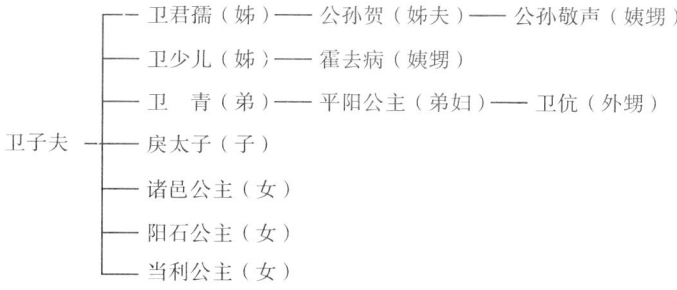

方诗铭绘卫氏集团成员示意图

用方诗铭先生自己的话来说，就是"卫氏集团是以血缘关系为纽带，所组成的一个政治集团"。

众所周知，中国社会在很大程度上是一个血缘关系的社会。这一点，你越往小地方、越往基层去，会感觉得越清楚。秦汉时期更是这样，同一家族的人，荣辱与共，亦即所谓"一人得道，鸡犬升天"；若是一人获罪，亦往往举众蒙尘，弄不好还会被皇帝给"族"了。在这种情况下，家族成员之间，自然会相互依托，休戚与共，这是理所当然的，也是显而易见的。

不过，既然如此，直接称之为"卫氏家族"不就行了，何必非要另创一个名词，用"卫氏集团"来表示它？大概是觉得"集团"二字听着有点儿靠近近代"政党"的色彩，给人感觉不仅仅是争权夺利而已，还附带着有些政见的争执？

对此，我是想不明白的，唯一合理的解释，是跟它对立的，还有一个"李氏集团"。而所谓"李氏集团"的构成，颇与"卫氏集团"不同，除了李家人，还有当朝的刘姓皇族中人，无论如何，也不能用"李氏家族"来概括。用"卫氏集团"来对"李氏集团"，这显然更像个样子。

按照方诗铭先生"卫氏集团成员示意图"的形式，对他所说"李氏集团"的构成，也可以绘图表示如下：

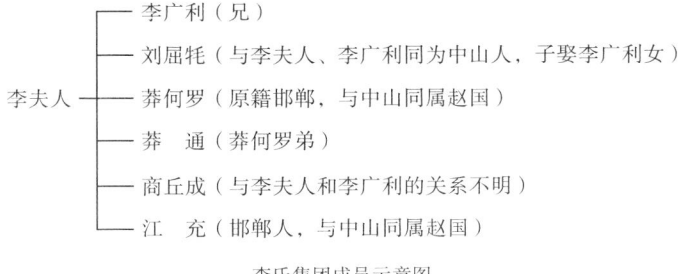

李夫人 ┬ 李广利（兄）
　　　├ 刘屈牦（与李夫人、李广利同为中山人，子娶李广利女）
　　　├ 莽何罗（原籍邯郸，与中山同属赵国）
　　　├ 莽　通（莽何罗弟）
　　　├ 商丘成（与李夫人和李广利的关系不明）
　　　└ 江　充（邯郸人，与中山同属赵国）

李氏集团成员示意图

看这个示意图，会更加简捷地了解到所谓"李氏集团"大致的样貌。

与前述多此一举的"卫氏集团"这一名堂相比，这个所谓"李氏集团"，其构成可谓莫名其妙。方诗铭先生自言：

> 从李氏政治集团中，看不出有密切的血缘关系，与卫氏集团不同。联系他们之间的纽带，是乡里关系，更重要的，还是共同的政治阴谋。

这段话的意思，可分为两层：第一层是"乡里关系"；第二层，按照我的理解，是基于乡里关系而缔结的"共同的政治阴谋"。因此，所谓"乡里关系"，还是这个"集团"最为重要的实实在在的基础。

居处空间上的近密性，自然有可能为人们提供联系的纽带，这一点是显而易见的，但居处在同一空间之内的人，并不一定都会在政治斗争中站在同一立场上。离得越近，可能争得越凶，斗得更狠，这样的情况屡见不鲜。

在具体讨论这一问题时，首先必须指出，方诗铭先生指认的"乡里关系"，其中有一些本来就很勉强。

例如莽何罗、莽通兄弟，虽说与江充同为邯郸人，但《后汉书·马援列传》记载说他们家在汉武帝时已经徙居关中的扶风茂陵。邯郸与茂陵，两地相隔很远，并没有任何证据显示这两兄弟与江充有任何来往；甚至在江充进京之前，莽何罗、莽

上卧起江都王入朝有詔得從入獵上林中天子車駕蹕道未行而
先使嫣乘副車從數十百騎驁馳視獸江都王望見以為天子辟
從者伏謁道傍嫣驅不見既過江都王怒為皇太后言願得入
國入宿衛比韓嫣太后由此嗛嫣〔徐廣曰嗛讀與銜同字漢書作銜〕
以姦聞皇太后皇太后怒使使賜嫣死上為謝終不能得嫣遂死而
案道侯韓說其弟也亦佞幸
李延年中山人也父母及身兄弟及女皆故倡也延年坐法腐給事狗
中〔徐廣曰一作宮主〕而平陽公主言延年女弟善舞上見心說之及入永巷而
召貴延年延年善歌為變新聲而上方興天地祠欲造樂詩歌弦
之延年善承意弦次初詩其女弟亦幸有子男延年佩二千石印
號協聲律與上卧起甚貴幸埒如韓嫣也〔徐廣曰埒等也蜀都賦曰卓鄭埒富之類〕
久之寖與中人亂〔徐廣曰與中人亂崔季與中人亂〕出入驕恣及其女弟李夫人卒後愛弛
則禽誅延年昆弟也自是之後內寵嬖臣大底外戚之家然不足
數也衛青霍去病亦以外戚貴幸然頗用材能自進

凤凰出版社影印宋刊十四行本单附《集解》之《史记》

通兄弟与其是否相互知晓都无从了解，可能根本就一无所知。

更进一步看，像江充居止的邯郸在今河北南部，地名今亦沿袭未改，而李夫人的家乡中山，在今河北北部的定县一带，两地的距离实际相当遥远。在当时的交通条件下，江、李两家很难产生什么联系，更不可能单单赖此形成密切的关系。

大概方诗铭先生也意识到了这一点，于是，在介绍完李夫人"本以倡进"这一出身之后，看似漫不经心地加了这么一句话："应是当时所说'邯郸倡'之流。"这实际上是硬要拉近江充和李夫人家族之间的空间距离。

所谓"邯郸倡"，最早是见于《宋书·乐志》载录的一首以《鸡鸣高树颠（巅）》为题的"古辞"，其辞曰"上有双樽酒，作使邯郸倡"。这样的"古辞"，流行已久，固然可以看作是歌咏西汉的情况，但"邯郸倡"有名，并不等于天下倡优就都出自邯郸一地。李夫人一家出自中山，《史记·佞幸列传》有明文记载，他们一家人原本就都是倡优："李延年，中山人也。父母及身兄弟及女，皆故倡也。"可见这整个就是一个"倡家"。《史记·货殖列传》记载"赵、中山地薄人众，犹有沙丘纣淫地余民，民俗懁急，仰机利而食。丈夫相聚游戏，悲歌忼慨，起则相随椎剽，休则掘冢作巧，奸冶多美物，为倡优。女子则鼓鸣瑟，跕屣，游媚贵富，入后宫，遍诸侯"（案：这里的引文及标点，与今中华书局点校本《史记》颇有出入，我将另撰短札，予以说明），文中所说"奸冶多美物，为倡优"的社会习俗，本是并言赵与中山两地，故中山人李夫

樂府詩集卷第二十八

太原　郭　茂倩　編次

相和歌辭

相和曲下

雞鳴　　　　　　　古辭

樂府解題曰古詞云雞鳴高樹巔狗吠深宮中
初言天下方太平蕩子何所之次言黃金為門
白玉為堂置酒作倡樂為樂終言桃傷而李仆
喻兄弟當相為表裏兄弟三人近侍榮耀道路
與相逢狹路間行同若梁劉孝威雞鳴篇但詠
雞而已又有雞鳴高樹巔晨雞高樹鳴皆出於
此

雞鳴高樹巔狗吠深宮中蕩子何所之天下方太平刑法非

人民文学出版社影印宋本《乐府诗集》

20

人一家依赖倡优为生，是很自然的事情，不必另属于赵地的邯郸不可。

另外，所谓"鼓鸣瑟，跕屣，游媚贵富"的中山女子，自然身属倡优之列，但"妖冶多美物，为倡优"指的则是男子汉大丈夫，其实按照唐人吴兢在《乐府解题》中的解释，这首《鸡鸣高树颠》的本义，是"喻兄弟当相为表里"（宋郭茂倩《乐府诗集》卷二八《相和歌辞·相和曲下·鸡鸣》）。若依此说，《鸡鸣高树颠》中所讲的"邯郸倡"，就应该是指男优，而不是像李夫人这样的女倡。方诗铭先生讲的，在这一点上似乎也有点儿"拟于不伦"的味道。

这样一来，李夫人一家人就更不会与所谓"邯郸倡"发生什么关系了。至于家在邯郸或是原籍邯郸的江充和莽何罗、莽通兄弟，他们同李夫人一家，可以说是毫不相干的一些人物；而御史大夫商丘成则是比他们更与李家沾不上边儿的人，方诗铭先生是怎么找也没有找到其间的联系，却也硬是将其编排到所谓"李氏集团"之中。更令人大惑不解的是，刘屈牦作为武帝庶兄中山靖王之子，本是正宗的皇族龙种，那么，放着好端端的皇族不做，偏要往李家倡门里挤个什么劲儿呢？

所谓"乡里关系"既然大多很不靠谱，那么我们只好去看看比这更重要的他们这些人之间"共同的政治阴谋"了。

方诗铭先生提出这一点来，本来有些不太合乎逻辑。因为他实际指出的"共同的政治阴谋"，只有巫蛊之变这一件事儿。须知方氏是在利用"卫氏集团"和"李氏集团"这样的概念来解释巫蛊之变的成因，即这样的"共同的政治阴谋"是否存在，实际上是要通过卫氏和李氏这两个政治集团的存在和相互斗争来证明的。现在反过来说是由于在他们之间具有"共同的政治阴谋"，所以这些人必定属于同一个政治集团，这是一种违反正常认知程序的循环论证。

众所周知，在巫蛊之祸过程中，江充是一个促成其事的关键人物。方诗铭先生论及江充在这一事件中的行为和作用时，有下面这样一段话：

> 尽管戾太子刘据曾经和江充有过私怨，但是，对统治阶级内部如此重大的政治争斗，不能用这种个人之间的嫌隙去解释。江充敢于将"巫蛊"引向皇后和太子，除利用汉武帝"疑左右皆为巫蛊祝诅"的心理因素外，就是背后有李氏集团的大力支持。《汉书·武五子传》说："武帝末，卫后宠衰，江充用事，充与太子及卫氏有隙，恐上晏驾后为太子所诛。"清楚表明，与江充"有隙"的，不但是戾太子个人，更包括整个卫氏集团在内。因此，所谓"巫蛊之祸"，正是江充属于李氏集团，以及为维护这个集团利益而采取的政治行动，目的是为了彻底打垮卫氏集团。

姑且不谈巫蛊之变的起因根本就不是他所说的由所谓"李氏集团"向"卫氏集团"进攻的政治事件（关于这一点，我已经在《制造汉武帝》增订本中附入的《汉武帝太子据施行巫蛊事述说》一文中做有详细的阐释），即使是遵循方诗铭先生的主张，把这一事件看作是李氏、卫氏两个政治集团的冲突，也不能仅仅根据人们在这一政治事件中的态度，便将处于对立立场上的双方分别归属于两个不同的政治集团，再以此为基础，强行指认"江充属于李氏集团"，并非说在其"背后有李氏集团的大力支持"不可。这是因为不同政治派别的人物在同一事件中完全有可能基于种种复杂的因素而站在同一立场上采取一致的行动。这样的情况，古今中外，都屡见不鲜。所以，方诗铭先生用巫蛊之变这一件事儿上"共同的政治阴谋"来划分政治集团，这本身就存在很大问题。

在这里，我们不妨暂且将这一很不确实的前提置而不谈，只是依照方诗铭先生的思路，来具体看一下在巫蛊之变的过程中，在所谓"李氏集团"中，一些像江充这样的关键人物，其相互之间到底是不是存在什么"共同的政治阴谋"。

丞相刘屈牦在巫蛊之变中的态度，是方诗铭先生大做文章的地方。按照方诗铭先生的说法，这位刘丞相是死心塌地为李家效命的。为了帮助李家彻底击垮卫氏家族，老谋深算的刘丞相处心积虑，当戾太子起兵反叛之后，先是"把自己打扮成为一个不但与这次祸乱无关，而且是回护戾太子刘据的人物，从而将这次祸乱的责任全部推到太子身上，以激起汉武帝的'震怒'"。

被方诗铭先生慧眼识破的这个"政治阴谋"，自然是深藏于刘屈牦的内心深处，而我们能够看得见的"表面现象"则如下文所述：

> （征和二年）其秋，戾太子为江充所谮，杀充，发兵入
> 丞相府，屈牦挺身逃，亡其印绶。是时上避暑在甘泉宫，丞
> 相长史乘疾置以闻。上问："丞相何为？"对曰："丞相秘之，
> 未敢发兵。"上怒曰："事籍籍如此，何谓秘也？丞相无周公
> 之风矣。周公不诛管蔡乎？"乃赐丞相玺书曰："捕斩反者，
> 自有赏罚。以牛车为橹，毋接短兵，多杀伤士众。坚闭城门，
> 毋令反者得出。"（《汉书》卷六六《刘屈牦传》）

不管是刘屈牦的行为，还是汉武帝的态度，都可以看出，这位
刘丞相分明是在坐观戾太子的成败，以回避自己的责任。

盖当时汉武帝年事已高，在黄土高原南缘的甘泉宫中养
病日久，长安城中对其"存亡未可知"（《汉书》卷六三《武
五子传》）。要是汉武帝死了，或是戾太子政变成功，明天他就
是自己的新主子，何去何从，对刘屈牦而言，实在是一件很难
抉择的事情。再说，卫太子发动政变，这是用真刀真枪来拼死
一战，而不是什么军事演习，更不是演戏，刘屈牦面对的局势
已经危急万分，孰胜孰败，不过瞬息之间的事情。譬如戾太子
"召监北军使者任安发北军兵"，而这位"监北军使者"已经接
受了戾太子授予的发兵之节。任安若是真心听命于戾太子，发
兵助战，汉武帝一方自必败无疑。幸好任安同样因不知站在刘
彻、刘据父子哪一边儿好，也只能坐观成败，在"受节"之

后，复"闭门不出"（《史记》卷一〇四《田叔列传》），或谓之曰"闭军门不肯应"（《汉书》卷六六《刘屈牦传》）。不然，哪里还会有刘屈牦要什么"政治阴谋"的机会？

其实刘屈牦这种消极态度，在巫蛊之变甫一萌生即已呈现，史称"巫蛊始发，诏丞相、御史督二千石求捕，廷尉治，未闻九卿廷尉有所鞫也"（《汉书》卷六六《车千秋传》）。所谓"巫蛊始发"，是指刘屈牦的前任丞相公孙贺父子以及阳石公主、诸邑公主这些所谓"卫氏集团"的核心人物因巫蛊事而遭汉武帝诛杀，当时刘屈牦刚刚出任丞相之职，假如他确实像方诗铭先生指认的那样，是所谓"李氏集团"的重要成员，那么何不借此机会，继续"穷治"其事，一举拿下戾太子等，反而还磨磨蹭蹭地消极怠工呢？岂不怪哉！岂不怪哉！事实上，正是由于刘屈牦统领的外朝诸官一概拖着不办，才给了江充因私怨而清除戾太子的机会，并最终酿成巫蛊之变（《汉书》卷四五《江充传》，卷六六《公孙贺传》）。

刘屈牦等所谓"李氏集团"中重要人物在巫蛊之变中对戾太子采取坚决镇压的态度，实际上是和汉武帝本人的诏命，特别是汉武帝亲自出马督战具有直接关系的，而不是因为这些人是隶属于所谓"李氏集团"。

关于这一点，在《汉书·刘屈牦传》中有清楚记载：

太子既诛（江）充发兵，宣言帝在甘泉病困，疑有变，奸臣欲作乱。上于是从甘泉来，幸城西建章宫，诏发三辅近县兵，部中二千石以下，丞相兼将。太子亦遣使者矫制赦长安中都官囚徒，发武库兵，命少傅石德及宾客张光等分将，使长安囚如侯持节发长水及宣曲胡骑，皆以装会。侍郎莽通使长安（案：据上下文意，"安"应为"水"字之讹），因追捕如侯，告胡人曰："节有诈，勿听也。"遂斩如侯，引骑入长安，又发辑濯士，以予大鸿胪商丘成。……太子召监北军使者任安发北军兵，安受节已，闭军门不肯应太子。太子引兵去，驱四市人凡数万众，至长乐西阙下，逢丞相军，合战五日，死者数万人，血流入沟中。丞相附兵浸多，太子军败，南奔覆盎城门，得出。会夜司直田仁部闭城门，坐令太子得出，丞相欲斩仁。御史大夫暴胜之谓丞相曰："司直，吏二千石，当先请，奈何擅斩之？"丞相释仁。上闻而大怒，下吏责问御史大夫曰："司直纵反者，丞相斩之，法也，大夫何以擅止之？"胜之皇恐，自杀。及北军使者任安，坐受太子节，怀二心，司直田仁纵太子，皆要斩。上曰："侍郎莽通获反将如侯，长安男子景建从通获少傅石德，可谓元功矣。大鸿胪商丘成力战获反将张光。其封通为重合侯，建为德侯，成为秺侯。"诸太子宾客，尝出入宫门，皆坐诛。其随太子发兵，以反法族。吏士劫略者，皆徙敦煌郡。

莽通（以及乃兄莽何罗）和说不清与李氏家族有什么关系的商丘成被方诗铭先生列入"李氏集团"，其主要原因就是上文所记积极镇压戾太子叛军的行为，就连刘屈牦本人成为所谓"李氏集团"的骨干，也是与此关系密切。但通读上文可知，这些人的行为，不过是因为汉武帝已经发布镇压反叛的诏令并亲赴长安城外督战，局势业已相当明朗，听命出力者赏功，违命动摇者罚罪，所以他们才血拼死战，根本不是因为他们属于什么"李氏集团"，更没有任何记载能够或直接或间接地表明在他们之间曾经有过什么"政治阴谋"。

后来在巫蛊之变发生以后，刘屈牦和李广利合谋，想拥立李夫人的儿子昌邑王刘髆为太子，这也是方诗铭先生认定"李氏集团"之存在及其活动的主要事证。关于这一点，我在《海昏侯刘贺》一书中已经另行做过解说。

我认为，刘屈牦和李广利连手拥立刘髆，其结果固然有利于这对儿女亲家，李广利也确实做过这样的盘算，但对于刘屈牦来说，促使他做出这一安排更为重要的原因，是由于汉武帝为企求长生久视而大量服食丹药，结果弄得烦躁多疑，喜怒无常，一天比一天乖戾，朝臣动辄得咎，人人自危，作为朝中官阶最高的文官，丞相刘屈牦的处境也最为险恶。

一方面，从刘屈牦上任时起，汉武帝对他就不是十分信任。《汉书·刘屈牦传》记载："其以涿郡太守屈牦为左丞相，分丞相长史为两府，以待天下远方之选。"为什么要任命刘屈牦为左丞相，并且把丞相下属的具体办事官员——长史划分为两府？唐人颜师古在注释《汉书》时解释说，这是要"待得贤人当拜为右丞相"。右丞相位在左丞相之上，这种安排本身就清楚显示出汉武帝并没有拿他很当回事儿。

　　另一方面，在刘屈牦之前，接连有李蔡、严青翟、赵周、公孙贺几位丞相惨遭汉武帝逼迫自杀或是下狱处死。丞相已经成为一种高危职业，或者说是朝廷中一个高危的位置，凶险时刻都可能降临到头上。在经历了巫蛊之祸的巨变以后，汉武帝的情绪更易失控，刘屈牦内心自然愈加不安。

　　在这种情况下，选择一位合适的王子，尽早确立太子的名分，在客观上应当有助于稳定朝廷的秩序，这样也会有利于自身的安全，争取有个善终。综合考虑各项因素，昌邑王刘髆，应当是符合汉武帝心意同时也是最合适的人选，所以刘屈牦才会接受李广利的建议，想要把刘髆推上皇储的位置；也就是说，刘屈牦接受这样的安排，主要不是为所谓"李氏集团"争得什么利益，而是出自保命远祸的迫切需要。可见在汉武帝的淫威面前，即使是血缘裙带的关系，也要让位于主上的权力。

　　从卫青的遭遇中，我们可以更为清楚地看到，在汉武帝猜忌险刻性情的控制下，这种血缘关系并不能成为把家族成员联为一体的纽带。

　　卫青自元朔二年（前127）率军收复秦末以来丧失于匈奴的所谓"河南地"时起，连年出征，捷报频传。但随着功高位崇，汉武帝对他的疑忌也日益加重，深谙宫廷政治险恶的卫青，小心翼翼，"奉法遵职"，绝不招纳宾客，自树声誉；元朔六年，为全身远祸，甚至奉上"五百金为寿"，讨好汉武帝宠妃王夫人。这一方面显示出卫皇后身居冷宫，早已没有任何权势，另一方面也可以看出，影响朝政的"卫氏集团"乃子虚

百衲本《二十四史》影印南宋建阳黄善夫书坊刻三家注本《史记》

乌有。

可是，不管卫青如何恭谨自持，位势已然，汉武帝便不能不对他加以限制和防范，其具体做法，就是拔擢霍去病来平衡和牵制卫青的影响。元狩四年（前119），卫青和霍去病两人各自统领一支兵马北征匈奴，汉武帝刻意安排让霍去病拔得头功，并代替汉武帝在狼居胥山举行封禅告天的典礼，班师回朝后，"乃益置大司马位，大将军（卫青）、骠骑将军（霍去病）皆为大司马。定令，令骠骑将军秩禄与大将军等。自是之后，大将军青日退，而骠骑日益贵"。抑此扬彼、姿态分明。在这种情况下，"举大将军故人门下多去事骠骑，辄得官爵"（《史记》卷一一一《卫将军骠骑列传》），犹如树倒猢狲散一般凄凉，哪里还能看到什么"卫氏集团"的影子（案：关于这一点，我在《发现燕然山铭》一书中已经做过很具体的分析）？

虽说霍去病也还是卫氏裙带关系网中的一员，但与卫夫人只是姨甥的关系，较诸卫皇后和卫青的姐弟关系，毕竟已经相差一大截了。而且这一事例显示出，不管卫青还是霍去病，他们都不可能形成自己独立的势力，更不敢把相关的势力缔结成为一个同相进退的政治集团，这是在汉武帝极端独裁的统治下绝不可能允许存在的情况。

一句话，在西汉的历史上，根本不存在所谓"卫氏集团"或"李氏集团"，这就是我的看法。

2018 年 11 月 21 日晚

讲说于陕西师范大学文汇楼 C 区二层报告厅

古诗何以十九首

　　非常感谢方维规先生给我这个机会，来到这里和大家交流。当年高考的时候，我本来是很想考入中文系学习中国古典文学的，很遗憾，没有实现这个愿望。所以，现在能够有这个机会来到北京师范大学文学院，不禁让我回想起自己的青春岁月，这让我有些激动，也有一些兴奋，但同时也颇为紧张，颇为惶恐。

　　当年没有考入中文系学习文学，着实懊恼过一阵子。不过后来在从事历史学研究以后，逐渐明白自己天生是没有什么文学资质的，根本不适合学习文学，更不适宜从事文学性的写作，乃至从事文学研究。当年没如愿，实际上对我是一件幸事。只是现在来到这里，不知道讲些什么好，不知道讲些什么，才能让大家对付着听我讲完，不至于把大家烦得都跑光了。

　　若是勉强替自己解嘲，可以借用古人那句套话："诗有别才，非关学也。"把这句老话，做一个更广义的替换，就是"文有别才，非关学也"，这个"文"，就是"文学"的"文"。这是想说，自己虽然质鲁无文，但还是一心向学、努力读书的。

由于我主要做中国古代历史方面的研究工作，有时在读古书的过程中，也会注意到一些与中国古代文学相关的内容。下面，就从中强找一个题目，来谈谈自己的一点想法。这些想法，可能根本没有什么道理，纯属胡说八道；也可能是早就有人谈论过的旧说，没有什么新意，不过是我自己读书太少，没有看到而已。若是这样，我只能在这里诚恳地请求大家原谅我的无知。

我要谈的这个问题，实际上很简单，这在讲座题目中已经很清楚地体现了出来，就是所谓"古诗"为什么是"十九首"？

这问题，好像真的没有什么诗意，真的没有什么情趣。诗人写诗，兴来就写，兴尽就停，哪有什么定数？

你看刘邦写《大风歌》："大风起兮云飞扬，威加海内兮归故乡，安得猛士兮守四方！"就这么短短的三句话，把乱世枭雄不可一世的凶蛮骄横，地痞无赖富贵还乡的小人自得，写得淋漓尽致，绝不再需要写什么第二篇、第三篇，真所谓"天纵之英作也"（《文心雕龙》卷九《时序》）。再看看龚自珍写他的《己亥杂诗》，一口气竟然连着写了三百一十五首。为什么不接着再写了？他说是"吟罢江山气不灵，万千种话一灯青。忽然搁笔无言说，重礼天台七卷经"，把江山灵气都给写尽了，只好转入"无有文字语言"的"不二法门"，逃佛逃禅。

可是，出自心性，发为心声，这好像只是文学艺术的一个侧面，当然你也可以说这是其最本质的那一个方面。诗虽在远方，可诗人却是活在我们中间。不管是在时间维度上，还是在空间格局中，他都和他那个时代的万千众生生活在一起。像龚自珍，只是想逃之夭夭，实际上却根本无路可逃，因为在真实的客观世界中，根本就没有那个"不二法门"。

现实生活中我们看到的文学艺术作品，我们读到的诗文，特别是"诗"这种体裁的文学作品，它之所以能够打动人心，警醒世人，首先还真是缘于其外在的形式。

特定的节奏、韵律、句式，有赋、有比、有兴，这才是诗。四言、五言、七言、长短句，像风像雨的乐府，横叠竖垒的排律，五绝七绝、五律七律这些"近体"，或五言或七言中间说不定还夹杂着一些非五非七给力句子的"古风"，从宋词到元曲，再到明清的山歌时调，这都有一个特定的形式在那里，至少成熟规范的诗作一直是这样，而且其独特的感染力首先就来自其特定的形式。

这就是诗，这才是诗。我绝不相信那些不押韵也没有节奏的玩意儿可以算作诗。

诗作的形式，除了每篇作品本身的讲究之外，在把多篇作品复合成为"组诗"的时候，有时对其篇章数目，也有一些讲究。

像《诗经》雅、颂之"什"，便是在以"什"做单位来编录诗作，此即唐初人陆德明在《经典释文》中所说："歌诗之作，非止一人，篇数既多，故以十篇编为一卷，名之为什。"

（《经典释文》卷六）其中也有个别似乎与此稍有违异的情况，像《大雅·荡之什》和《周颂·闵予小子之什》，实际上都含诗十一篇，但这是因为它们都只是在大雅和周颂这一类诗里的最后"止存一篇"，故不再另行别起，对付着将这最后一篇统编在这一类诗的最后一"什"之内（清胡文英《诗经逢原》卷一〇）。"什"作为一个基本的编排数目，还是比较明确的。

这里面没有什么特别的道理，"十"是个整数，也可以说是一个成数，而且是一个比"一"大但又大不了太多的整数或成数，适合在生活中用作一个基本的单位来编排很多方面的事项，譬如军事方面的"什伍"，就是典型的例证。其他还有什么"十全武功"和"十大罪状"，乃至"十恶不赦"，这就更显明昭彰了，大家谁都明白。

事实上，像"十"这样的成数，由于被众所熟知，为众所习用，在一些特定的情况下，便很自然地会有人遵循这一成数来创作成组的"组诗"。像很多朋友可能都很熟悉的《石鼓文》，按照我的理解，它很可能就是没有被孔夫子编录到《诗经》中的一组秦国"颂"诗。十个石碣上分别镌刻着十首诗，正好一"什"，这不会是偶然的巧合，应是故意写成这么个数，是刻意为之。

除了"十"以外，古人常用的成数，还有一些。像"九"，清朝学者汪中写过一篇很有名的文章，叫作《释三九》，专门阐释过这一点：

一奇二偶，一二不可以为数，二乘一则为三，故三者数之成也。积而至十，则复归于一。十不可以为数，故九者数之终也。于是先王之制礼，凡一二所不能尽者，则以三为之节，三加三推之属是也；三之所不能尽者，则以九为之节，九章九命之属是也。此制度之实数也。（《述学》内篇卷一《释三九》上）

所谓"十不可以为数，故九者数之终也"，这句话的实质含义，应当是说"十"即相当于十进制上一级别中的"零"，所以会以"九"作为十进制中每一级别最大的数目（附案：汪中所说的"制度之实数"中的"九章"和"九命"，都应是《周礼》里面讲的上古制度），于是，在诗歌方面，我们看到屈原《离骚》有《九歌》《九章》，宋玉又有《九辩》，王褒有《九怀》，刘向有《九叹》，王逸有《九思》，等等，都是由九篇构成的"组诗"。

不仅是这个仅次于"十"的"九"，古人为文，尚有一种体裁，竟是以"七"这个数字作为文体类型的名称。这种体裁，始创于西汉景帝时人枚乘，他写下的第一篇这类形式的文字，叫《七发》，被全文收录在《昭明文选》里，大家不一定都通篇读过，但至少在座的学习中国古典文学的同学，一定都知道它。

枚乘的《七发》，从总体上来看，大致可以说是一种介于诗、文之间的韵文，与汉赋楚辞都有些相近的地方，又不同于汉赋楚辞。其主体部分，由七篇这样的文字重叠而成，在《文选》里，是将每一单篇像诗一样称为"首"，就体现出这种"七体"与诗相近的一面。枚乘的《七发》由八篇文稿组成，《文选》的著录形式是"《七发》八首"，而主文只有七首，另有开头的一首是序（六臣注《文选》卷三四枚乘《七发》唐张铣注）。较枚乘时代稍晚的东方朔，曾经写过《七谏》，是由七篇楚辞体的韵文组成，这与《七发》的构成形式，颇有相通之处。唐人李善即将二者联系到一起，称枚乘《七发》"犹《楚辞·七谏》之流"（李善注《文选》卷三四枚乘《七发》注）。

"七"这一体裁，其后仿效的人有很多。《文选》里继枚乘《七发》之后，即收有一篇曹植的《七启》，曹植在篇首另有短序云："昔枚乘作《七发》、傅毅作《七激》、张衡作《七辩》、崔骃作《七依》，辞各美丽，余有慕之焉，遂作《七启》。"后来宋人洪迈《容斋随笔》卷七"七发"条和清人朱彭寿《安乐康平室随笔》卷一等，相继举述过更多学步效颦的作品，显示出这种体裁在后世也是一种比较流行的文体。

关于"七体"之"七"这个数目的由来，唐人张铣释之曰："七者，少阳之数，欲发阳明于君也。"（六臣注《文选》卷三四枚乘《七发》唐张铣注）所谓"少阳"，出自《易经》，其数为七，在由老阴（其数为六）、老阳（其数为九）、少阴（其数为八）、少阳构成的两仪四象阴阳循环转化体系当中，处于阳之生发阶段，故张铣做此解读。

　　不过枚乘写《七发》时是不是出于这样的考虑，我是颇感怀疑的。这是因为用《周易》的少阳之数来解"七体"之"七"，显得有些太过迂曲。俗话说"每下愈况"，让我们对比一下清人庄有可对《大雅·荡之什》诗篇数目的解释，可以把这一点看得更为清楚。庄氏述云："此什独十一篇，何也？铢铢而积之，至三而加重，寸寸而度之，至三而加长。故什至三而加一，犹径一者围三，而其实不止围三，自然之数也。"（庄有可《毛诗说》卷五）《诗经》中的大雅，总共有三组，也就是有三个"什"，前面已经谈到，《荡之什》是这三"什"中的最后一"什"（同样，收诗十一篇的《闵予小子之什》，也是周颂三"什"中的最后一"什"），于是，这位庄先生就大发奇想，说这较其他诸"什"多出来的那篇，是什么"铢铢而积之，至三而加重，寸寸而度之，至三而加长"的结果，实在太玄妙了。脑洞一开，天地就宽广无垠。这样的解释不仅迂曲得离奇，也怪异得离奇，但我们实在不能这么随随便便地想想便说。

　　我觉得人们以一个确定的数目来写作一组作品，首先是作者需要以这种多篇组合的形式来表述其旨意，而具体选择写多少篇数，首先考虑的仍然是要服从于内容表述的需要，但这种需要是可以为迁就某种数目的象征意义或者惯行用法而适当做出调整的。譬如，在六、七、八之间，有时可以都调整为七；而八、九、十这几个数目，往往也都可以调整为九；等等。基于这样的认识，那么，"七体"的出现，首先便是一组作品若是由九篇、十篇构成，数量太多，不需要；较"九""十"这两个成数稍小，或六或七或八，就都有可能是符合人们需要的数目。

在六、七、八这几个数目中，"七"是一个具有很强象征意义的数字，但这种象征性意义最鲜明、最强烈的体现，并不是唐人张铣所说的少阳之数，而是"七政"之"七"。所谓"七政"，见于《尚书·舜典》，乃谓舜帝"在璇玑玉衡以齐七政"，这个"七政"，或亦书作"七正"，指的就是红日白月和金木水火土五大行星，也有人解释为北斗七星，不管怎么讲，都是高悬上天，是明晃晃的标志。这些天体，在古人的社会生活中具有非常重要的象征意义，它体现得又非常直接，非常贴近于每一个人的日常生活。所以，我以为"七体"之"七"取义于此的可能性是要远远高于所谓少阳之数的。

生活中这么基本的一个数字，竟然源自高高在上的天体。不管大家信不信，反正现在我更愿意这样看，也愿意基于这样的原理，来看待今天所要和大家讲的《古诗十九首》怎么恰好是"十九首"这个问题。

也许这根本不是一个问题，至少学术界似乎从来没有人觉得这是个问题。人家想写几首，就是几首，"十九"又不是什么禁忌的数目，也没有人不让用"十九"这个数目。就像我在前面说过的，作家写诗，不过是乘着诗兴奋笔书之而已。龚自珍的《己亥杂诗》，连着写了三百一十五首都行，我们在这里谈论的这种"古诗"，为什么就不能毫无缘由地径行写上个

感舊詩一首

何敬祖雜詩一首

王正長雜詩一首

棗道彥雜詩一首

左太沖雜詩一首

張季鷹雜詩一首

張景陽雜詩十首

古詩十九首　五言

行行重行行與君生別離

胡馬依北風越鳥巢南枝

相去萬餘里各在天一涯

道路阻且長會面安可知

去日已遠衣帶日已緩浮雲蔽白日游子不顧返

思君令人老歲月忽已晚棄捐勿復道努力加餐飯

青青河畔草鬱鬱園中柳盈盈樓上女皎皎當窗牖

人民文学出版社影印南宋明州刊六臣注本《文选》

"十九首"？

写多少首，当然随作者的兴致，但就像我在前面谈到的"十""九"和"七"这几个数目所体现的那样，有时作者对写作的篇数是有特别考虑的，况且这《古诗十九首》并不是一个人写的，是南朝梁昭明太子萧统把一批失名的作品编入《文选》以后，才流传下来的一个固定的称呼，所以情况也许会更复杂一些。

关于《古诗十九首》的作者和这些诗作的撰著年代，昭明太子都没有说明，只是把它编在了题名为李陵和苏武的几首"杂诗"之前。《古诗十九首》中有部分诗篇，被比《文选》编纂稍晚的《玉台新咏》收入，但标记为西汉人枚乘的作品（见《玉台新咏》卷一）。更早，则《文心雕龙》也有同样的说法（南齐刘勰《文心雕龙》卷二《明诗》）。这一情况，似乎可以佐证，《文选》这样的编排次序，遵循的是这些古诗的写作年代。然而刘勰在《文心雕龙》中已经指出，《古诗十九首》中《冉冉孤生竹》一篇出自东汉时期与班固同时人傅毅之手（南齐刘勰《文心雕龙》卷二《明诗》），唐人李善亦谓所谓枚乘之作，乃"疑不能明也。诗云'驱车上东门'，又云'游戏宛与洛'，此则辞兼东都，非尽是（枚）乘明矣。昭明以失其姓氏，故编在李陵之上"（李善注《文选》卷二九佚名《古诗》注）。不过南朝萧梁的钟嵘在《诗品》里又说这些古诗"旧疑是建安中曹、王所制"，即谓曹植和王粲才是这些古诗的作者（《诗品》卷上）。到底是什么时候的哪些人写出了这些诗，准确地讲，早已是一件说不清、道不明的事儿了。

清朝乾嘉时期以后迄至当代，随着研究的深入，人们对《古诗十九首》写作年代的认识，大致可以分为两派。

其中的一派，比较注重从五言诗的产生年代和这些诗作的总体艺术风格来做分析。按照他们的看法，在传世文献所见五言诗的源流脉络中，《古诗十九首》处于一个很靠前的位置，现代学者隋树森是用"五言新体诗的星宿海"来形象地表述这一地位（隋树森《古诗十九首集释》卷首隋氏自序）。因此，从总体发展形势来看，《古诗十九首》这组诗的产生年代，也就可以说是五言诗的兴起时期。乾嘉时期的史学考据第一高手钱大昕即明确阐释说："此体之兴，必不在景、武之世。"也就是说，《古诗十九首》的产生年代，绝不会在枚乘所生活的汉景帝至汉武帝时期，实际上是认为必定在这一时期以后才会产生像《古诗十九首》这样的五言诗（钱大昕《十驾斋养新录》卷一六"七言在五言之前"条）。钱大昕这一说法，可以视为这一派学者的早期代表。

这一派学者，衍生至于当代，便是马茂元先生的"东汉后期说"，即谓这《古诗十九首》应是"建安以前东汉末期的作品"。马茂元先生是《古诗十九首》的研究专家，出版有研究专著《古诗十九首探索》，在座的同学和朋友，肯定有人读过，其具体论证过程，我在这里也就不必多说了。

然而，对历史问题的认识，是相当复杂的。这种看法，虽然流行得比较广泛一些，假如一定要选择一种说法来相信的话，我本人也倾向于认同此说，可是除此之外，还有人持有其他的看法。在清代，与钱大昕并世齐名，同时也很会写诗的学人赵翼，就反过来看这一问题，力主《古诗十九首》中应存有汉武帝时期的作品，述之曰："盖汉武好尚文词，故当时才士各争新斗奇，创为此体，实亦天地自然有此一种，至时而开，不能秘也。"（赵翼《陔余丛考》卷二三"五言"）这说法看起来好像有些奇幻，但实际上赵翼也是言之有据，论之入理，不是顺口说胡话。

当代学者中持相近思路的学者，可以举述隋树森先生为代表。隋氏乃谓"《古诗十九首》中固然有许多是东汉的篇什，但却也不能说其中绝对没有西汉的产物"，他推崇刘勰在《文心雕龙·明诗》中所做的判断，即谓之曰："比采而推，两汉之作乎？"（隋树森《古诗十九首集释》卷一《考证》）尽管隋树森先生在论证过程中举述的西汉历法与季节（即所谓"时序"）的关系等问题明显存在失误，但所做论述确实有他合理的成分，不宜轻忽视之。

绕了很大一个弯子讲这么多常识性的话，只是想有根有据地向大家说明一个基本的状况，即这十九首"古诗"的来源相当复杂。不过若是简单地讲，则应如钱大昕所云："《古诗十九首》作者非一人，亦非一时。"（钱大昕《古诗十九首说序》，见隋树森《古诗十九首集释》卷三）即使是强烈主张这十九首诗同出于东汉末年这一个"时代"的马茂元先生，也老老实实地承认这十九首诗"不是成于一人之手"（《古诗十九首探索》

卷首《前言》)。这就意味着昭明太子萧统在把这些散存于世间的无名氏诗作编录到《文选》当中的时候,是有一个很大的主观取舍空间的。

当时萧统面前到底摆放着多少首同类的"古诗",今已不得而知,但肯定要比现在看到的这"十九首"多出很多。钟嵘《诗品》开篇第一条,讲的就是这种所谓"古诗",其文如下:

> 其体源出于国风。陆机所拟十四首,文温以丽,意悲而远,惊心动魄,可谓几乎一字千金。其外"去者日以疏"四十五首,虽多哀怨,颇为总杂,旧疑是建安中曹、王所制。"客从远方来""橘柚垂华实",亦为警绝矣!人代冥灭,而清音独远,悲夫!(《诗品》卷上)

这里所说"陆机所拟十四首",是指西晋文人陆机模拟其式写作的十四首"古诗",现在我们在陆机的文集当中,可以看到其中的十二首,有十一首是在《文选》的《古诗十九首》之内,另有《拟兰若生朝阳》一首,其所拟之诗,在《古诗十九首》之外而见于《玉台新咏》,被视作枚乘的诗作。斟酌其文义,钟嵘讲的"陆机所拟十四首",指的应该不是陆机的拟作而应该是指被他模拟的"古诗"原诗,所以下文才会有"其外'去者日以疏'四十五首"云云的说法,意即在被陆机所模拟的那十四首之外,还另有"去者日以疏"等四十五首"古诗"。这样看来,当时钟嵘所见所论的同类"古诗"总共应有

陸士衡文集卷第六

晉平原內史吳郡陸　機　士衡

擬古十二首　　　　樂府十七首

擬古十二首

擬行行重行行

悠悠行邁遠戚戚憂思深此思亦何思思君徽
與音音徽日夜離緬邈若飛沉王鮪懷河岫晨
風思北林遊子眇天末還期不可尋驚飆褰反
信歸雲難寄音佇立想萬里沈憂萃我心攬衣
有餘帶循形不盈衿去去遺情累安處撫清琴

《四部丛刊初编》影印明正德十四年（1519）陆元大翻宋刻本《陆士衡文集》

五十九首。

钟嵘和萧统是同时代人。这就意味着萧统在编录《文选》时可供择取的古诗，其规模至少也要在六十首上下。

在这样的基础上来甄选编录，选多选少，选哪篇不选哪篇，就完全要由萧统和他手下帮闲的文士们来决定了。

清代安徽旌德有个叫饶学斌的村学究，困居家中以《古诗十九首》教自己的孩子。我们看今天全世界学者对中国古代文史所做的研究，大致有一个共同的规律，就是读书越少的学者越爱瞎琢磨，乱发挥，这是因为胸中空空洞洞没什么挂碍，想得顺畅。这位饶学斌先生也是这样。他一边儿把这十九首"古诗"并读而合玩，一边儿天马行空，驰骋想象，想着想着，就有了一个重大的发现：原来这《古诗十九首》是"汉末党锢诸君子之逃窜于边北者"某人所著，故"通什绮交脉注，脉络分明"，浑然一体，绝不是萧统率人编选的结果（饶学斌《月午楼古诗十九首详解》，见隋树森《古诗十九首集释》卷三）。好在像这样的奇思妙想在学术界并没有什么人理会，所以我还是把《文选》收录的十九首"古诗"看作是萧统等人精心选择的结果。

如果你只看历代文人对《古诗十九首》艺术造诣的高度赞叹，当然会把"十九"这个篇数看作是别无二致的抉择，一定认为决定这个篇数的是一条举世公认的艺术标准，多一篇不可，少一篇也不行。可是，如上列引文所见，在同时人钟嵘看来，在艺术上"文温以丽，意悲而远"，以至达到"惊心动魄，可谓几乎一字千金"程度的好诗,只有陆机所模拟的那一十四首。不仅如此,透过现在能够看到的陆机所模拟的那十二首"古诗"的篇目,可知在这当中至少有"兰若生朝阳"一首,未被萧统编入《文选》。这清楚告诉我们,若是由不同的人来选择,结果是会有所出入的。

在高度赞赏陆机所模拟的那十四首"古诗"之后,钟嵘接下来又评议说,除此之外,他还见有"去者日以疏"等四十五首"古诗",这些诗总的来说,"颇为总杂",亦即水平参差不齐,是相当杂乱的。这当然不是一种好的评价,而这首"去者日以疏"就是被萧统等人当作名篇而纳入《古诗十九首》之内。钟嵘这一说法,同样体现出钟嵘、萧统两人眼光的差异。

人的目光所投射的轨迹,是一条直线。因而两个人站在不同的角度放眼看过去,看得越远,眼中景象的差异会越明显。接着看下去,我们看到,钟嵘又在"颇为总杂"的这四十五首"古诗"中,指出"客从远方来"和"橘柚垂华实"这两首虽然达不到惊心动魄、一字千金的程度,但也堪称"警绝"。这"客从远方来"虽被采纳,收入《文选》,列在《古诗十九首》当中,但"橘柚垂华实"却不在其列。大家看看,这不,越看差别越大。

其实当时以《古诗十九首》为代表的所谓"古诗",固然以其直抒真情而自谐天籁,以至人称"五言之冠冕"(《文心雕龙》卷二《明诗》),但在另一方面,也颇有草略粗糙之弊。我认为这既是一种新体裁草创时期的正常现象,也是这种新体裁由自生自行的民间歌谣转经文人加工而进入上层文化领域过程中应有的状况（参据郑振铎《中国俗文学史》）。在从历史发展角度审视《古诗十九首》的文学艺术价值和它的文学艺术史地位的时候，一定要首先充分了解和认识《文选》的崇高地位及其对中国历代社会文化生活广泛而又持久的影响，考虑到这一重要因素，就会很容易剥离如潮好评背后"趋炎附势"的成分，还历史以本来面目。

打破迷信，虽然有些煞风景，但只要实事求是地看待被萧统等人选入"十九首"之内的这些"古诗"的内容，我们就不难发现，这些诗作并非尽善尽美，是不同程度地存在着一些不尽如人意的地方的。例如，入选《古诗十九首》第十二首的"东城高且长"，陆机也有拟作，题作《拟东城一何高》，因而这也是钟嵘所说惊心动魄、一字千金的名篇，可是这首诗却明显可以区分为前后两段：其前半段，是到"荡涤放情志，何为自结束"这两句截断；后半段则是从"燕赵多佳人，美者颜如玉"这两句开始。

明朝万历年间，有个叫张凤翼的人，做了个《文选》的注本，叫《文选纂注》（书被重分作十二卷。案：万历以至明亡，重刻古人旧籍，往往如此任性。我手头有一部万历年间刊刻的六臣注《文选》残本，号曰《新刊文选考注》，也对原书做了大幅度改动）。这书原刻本现在不大容易看到，不过《四库全书存目丛书》有影印本，真想找来看看也不困难。我懒，没找这书读过，但根据明清时期一些人的转述，这位张凤翼先生是把"东城高且长"这首诗的"燕赵多佳人，美者颜如玉"以下部分拆分成另一首诗单列的，成了"古诗二十首"（《四库全书总目》卷一九一《总集类存目》一）。

关于这位张凤翼先生和他编著的《文选纂注》，明末大才子张岱曾记下一个很好玩的故事：

> 昔张公凤翼刻《文选纂注》，一士夫诘之曰："既云《文选》，何故有诗？"张曰："昭明太子所集，于仆何与？"曰："昭明太子安在？"张曰："已死。"曰："既死，不必究也。"张曰："便不死，亦难究。"曰："何故？"张曰："他读得书多。"（张岱《琅嬛文集》卷一《一卷冰雪文后序》）

在这里，我只是想透过这个故事来告诉大家，张凤翼先生很有意思，是个有情趣的人。动情读"古诗"，就更容易读通诗，读顺诗，就更容易看破现行文本窒碍难通的地方。

尽管有很多知名的文人学士（如纪昀）为萧统回护（清梁章钜《文选旁证》卷二五），但张凤翼本人对自己这一看法，是颇为自负的（这一点检读《明文海》卷二二〇所录张凤翼《文选纂注序》即可清楚看出），而且张氏书成之后，一直有人认可他的看法。例如清朝很擅长文史考据的学者姚范，即以为"玩其辞意，本二诗，分之为得"（清姚范《援鹑堂笔记》卷四〇）。当代学者如余冠英先生，基本上也是这样看待这一问题。余冠英先生还进一步深入分析指出，《文选》中这首诗的前后两部分"不但意思不连接,情调也不同,显然是两首的拼合"(余冠英《乐府诗选》之《前言》)。

这种拼合两诗为一诗的情况,正可突出地说明《文选》选录的这十九首"古诗",并不都像后世很多文人学士所赞赏的那样完美无缺,更不像王渔洋描绘的那样"妙如无缝天衣"(王士祯《古诗选》卷首《凡例》)。因而,单纯就诸诗内容的完善程度而言,"十九"这个数目,并不是非如此这般不可,也绝不是不可更易的。这也就意味着不管是像萧统这样从六十首上下的"古诗"中选出十九篇诗,还是像陆机那样只看中其中的十四篇诗,或者说像钟嵘那样在陆机的十四篇之外再考虑几篇与之差相仿佛的篇章,都只是一种主观的取舍,没有什么绝对的客观性可言。

在这种情况下,在萧统想比陆机多选一些"古诗"的时候,是选十七首、十八首、十九首,还是二十首,就也是可多可少的事儿了,而且或许会参照其他一些因素来确定这个数目。

现在就提出我的猜想:《古诗十九首》的这个"十九",应是参照了一个中国古代历法上的"成数",这就是所谓"一章"之数。

这个"一章"之数若是详细讲述,会很复杂,但要想三言两语地说一下它的基本情况,其实很简单。

中国古代的历法是一种阴阳合历。所谓"阴阳合历",就是要把太阳绕地环行的周期(即太阳"视运动"的周期,实际上是地球绕日运行的周期），也就是所谓"岁"，同月亮绕地环行的周期，也就是"月"，这两个周期合并在同一个体系之内。

叠垒月份所构成的时间长度不会等同于"岁"：十二个月比一岁短，十三个月则比一岁长。也就是说，这在一岁之内是根本不可能实现的，除非一岁之中最后一个月还没过完，就把它拦腰切断，让这切下来的下半个月挪到下一岁再过。但在中国古代，看月亮不仅浪漫，还有其他很多作用，包括重要的政治象征意义在内，实在是一件很重要的事情，人们舍不得硬切，不把一个月切成两半过（到现在还是没人这么切）。

于是，华夏先人发明了"年"——这也就是现在我们大家过的所谓"中国年"。这个"年"或十二个月，就是所谓"平年"；或十三个月，就是所谓"闰年"。官家让平年的"年"比一"岁"短点儿，闰年的"年"再比一"岁"长点儿，然后，再在一个长时段内，有规律地设置闰月。这样，截长补短，平均来看，每一个"年"和一"岁"的时间长度就大致差之不远了；更重要的是，还可以周而复始地轮流转，于是人们也就可以稀里糊涂地一年一年地混日子了。

根据月球、地球运行的周期规律，在十九"年"之内设置七个闰月，就可以大体实现上述目标，古人也就是这样干的，并且在历法体系中，把这十九年称为"一章"。

我想在座的各位同学都明白，制定历法的基础是天文，是天体运行的时间周期（过去不明白也没关系，现在闭上眼睛

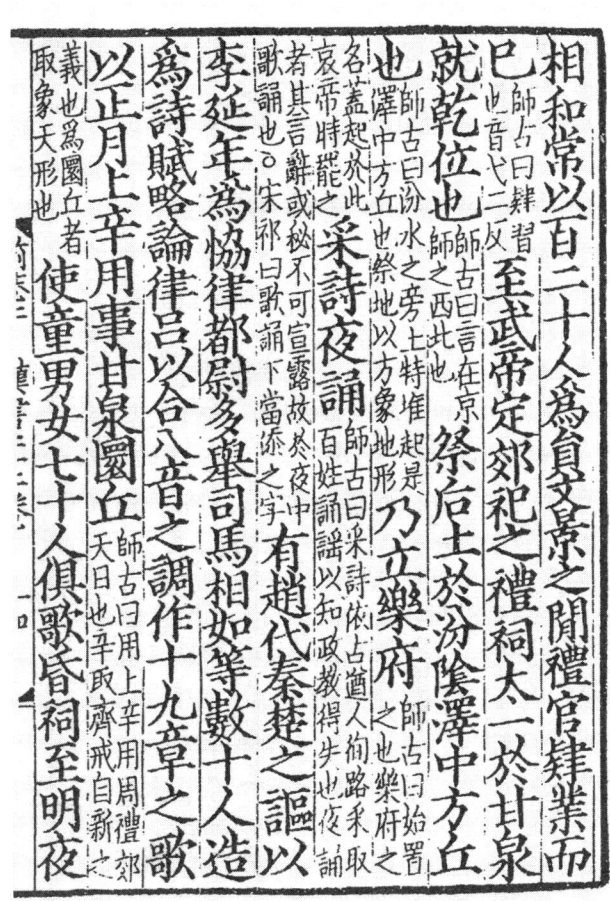

线装书局影印宋庆元本《汉书》

51

想一小下，马上就能明白了）。这样，大家也就很容易明白了，这个"十九"，不仅是一个"成数"，而且还是一个重要的天之大数。对于古人来说，它是如影随形地伴随着他们的日日夜夜、时时刻刻的日常生活，更确切地说是密切影响着他们的日子。

在这样的文化背景下，萧统在编选这些"古诗"的时候，考虑到这一天之大数，并适当迁就一下它，而把选诗的数目定为"十九"，在我看来，是很自然的，也是顺理成"章"的。

为便于大家理解这一点，我来举述一个西汉时期的事例。

汉武帝时制作有《郊祀歌》，是一组由十九章构成的组诗，而所谓"郊祀"，乃是供汉武帝"以正月上辛用事甘泉圜丘"，也就是祭天用的。史称当时的祭祀场景是："使童男女七十人俱歌，昏祠至明。夜常有神光如流星止集于祠坛，天子自竹宫而望拜，百官侍祠者数百人皆肃然动心焉。"（《汉书·礼乐志》）这样的阵势，自是与祭天的规格相应，而《郊祀歌》的篇章偏偏是以"十九"这一天之大数组成，我想绝不会是偶然的巧合，二者之间，一定具有必然的内在联系。

由《郊祀歌》之十九章，再来看《古诗十九首》，萧统选诗"十九"，这一数目与十九年一章这一天文历法周期存在联系的可能性，当然就会大大增加了。然而，这毕竟只是一种揣测，没有一丝一毫实在的证据。在座的很多朋友一定在想，孔夫子选《诗》，定为三百零五篇，就不是什么成数，谁知道萧统和他手下那些文士当时到底是怎么想的呢？是的，我也不能确切地知道他们当时是怎么想的，我在这里只是和大家讲我所理解的一种可能性。

但在另一方面，我们研究一切留在我们身后的历史问题，都需要一点儿合理的想象。因为有些发生过的事儿，确实是没有任何直接证据留下来的；即使回到当年，可能你也找不到。我们对这些事实做判断，仍然需要借助合理的推论。若是这样看待历史，这样看待我们对历史问题的研究，那么，我今天讲的这些漫无边际的话，也许会对人们深入认识相关问题多少能够有些帮助。至少我可以说，虽然现在还不能证实，萧统在《文选》中选编"古诗"时确定的"十九"这一篇数一定是基于十九年一章这一天文历法上的成数，但恐怕你也找不到直接的证据来排除这种可能性。是，还是不是，这确实是个问题。

有一个类似的情形，我想在座的各位同学肯定都比我熟悉。因为各位念过的中学课本里都有这个段子，那就是《庄子》里面"庖丁解牛"的故事。

在这个故事里，庖丁对文惠君（即梁惠王）好好地炫耀了一番自己的解牛神技，并令对方叹服不已，他把干活儿的刀子往旁边一放，竟然大剌剌地布起"道"来：

> 臣之所好者道也，进乎技矣。始臣之解牛之时，所见无非牛者。三年之后，未尝见全牛也。方今之时，臣以神遇而不以目视，官知止而神欲行。依乎天理，批大郤，导大窾，因其固然。技经肯綮之未尝，而况大軱乎！良庖岁更刀，割

也；族庖月更刀，折也。今臣之刀十九年矣，所解数千牛矣，而刀刃若新发于硎。彼节者有间，而刀刃者无厚，以无厚入有间，恢恢乎其于游刃必有余地矣，是以十九年而刀刃若新发于硎。虽然，每至于族，吾见其难为，怵然为戒，视为止，行为迟。动刀甚微，謋然已解，如土委地。提刀而立，为之四顾，为之踌躇满志，善刀而藏之。(《庄子·养生主》)

读过《庄子》的人都知道，作者在宣扬其思想学说时，本多托之于寓言，这个"庖丁解牛"的故事，明显属于这样的性质。既然不是实际发生的真事，那么，这位庖丁所讲的那几个刀具使用的时间长度，即一年（岁）、一个月和十九年，应当都只是一个形象的说法，即寻常"族庖"一把刀只能用一个月，即使是技艺高明的"良庖"其使用期限也不过一年而已，而这位庖丁却能十九年不换刀，还要使"刀刃若新发于硎"，简直一丝一毫的损伤都没有，真是神乎其神。

在这里，作者是为体现这位庖丁操刀有"道""游刃有余"，来讲述其刀具使用期限之长久的，因而一般来说，理应把这把刀具的使用期限设定为一个成数（譬如像"族庖"的一月和"良庖"的一岁），同时也是一个大数，以显示其大大优于寻常"族庖"乃至技艺高明的"良庖"。所以，"十九年"这个数目应该不像我们今天看来那么简单，可是前人之解析《庄子》者，对此却大多不甚留意。

在勉强做出一些解释的人当中，较早有唐人成玄英给《庄

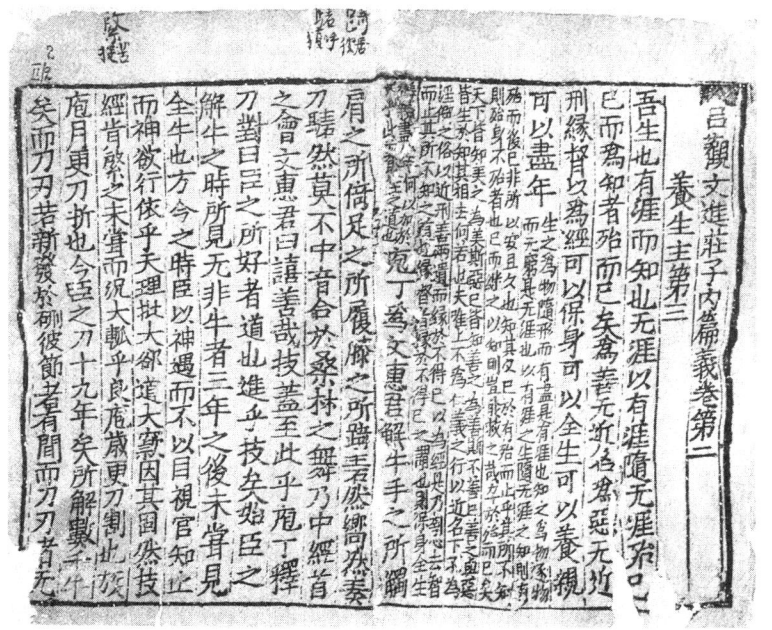

黑水城遗址出土北宋刻本《吕观文进庄子义》残本
（据《俄藏黑水城文献①》）

子》作疏，谓"十，阴数也。九，阳数也。故十九年极阴阳之
妙也"（成氏《南华真经注疏》卷二）。妙是真妙，但成玄英
讲得太玄了。核实而论，这话听起来好像是有那么一点点道
理，可稍一琢磨就能明白，不是这么个说法，不会像这样把所
谓阴、阳两数横堆在一起乱搅和，而且我们也看不到同样的
例证。北宋人吕惠卿撰《庄子义》，谓"十有九则阴阳之极数
也"（俄罗斯科学院东方研究所圣彼得堡分所等编《俄藏黑水
城文献①》之《吕观文进庄子义》），实际上只是胡乱对付着

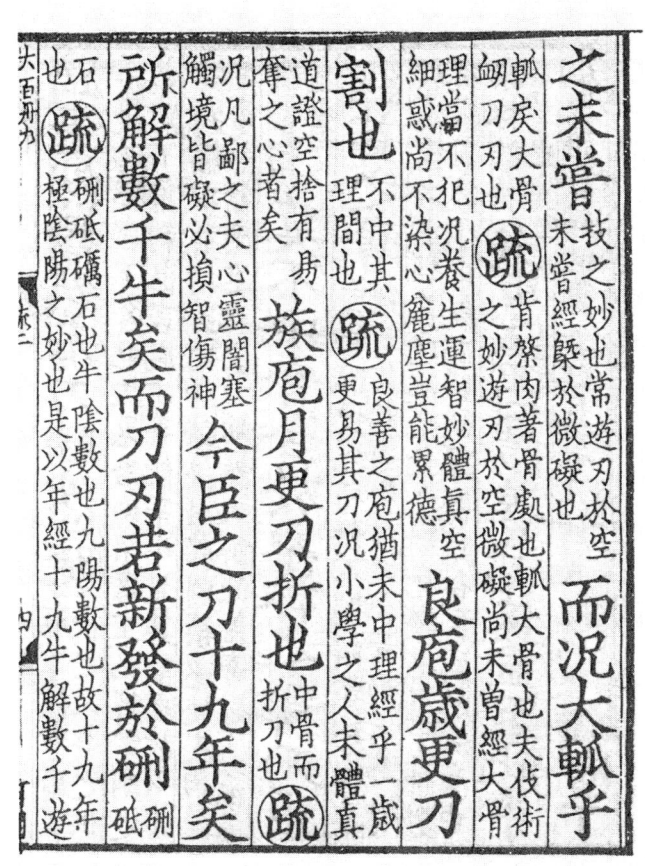

《古逸丛书》覆宋刻本成玄英《南华真经注疏》

沿承了成玄英的旧说。明末多知多识的学者方以智，也看出这里边有名堂，但却仍然没能看破肯綮所在。方氏这样说道："十九年：以十年为率而用之九年，言其久也。"（方以智《药地炮庄》卷二）稍后，清初大儒王夫之撰著《庄子解》，大体沿承了这一说法而稍有变通，称"十年为率而又九年，形其久也"（《庄子解》卷三）。可这种说法既不合乎文法，也没有道理，解释得实在稀里糊涂，不过是在无可奈何之中"强作解人"而已。

我想，若是用十九年一章这个天文历法周期来作新解，会十分自然，也相当通畅。普通的庖工用刀，只有一个月，即使是技艺高超的良工用刀，也不过一整年，而这位"神工"，他那把解牛鬼刀一用就是一章——十九年。这不是怎么讲都顺顺当当的吗？

最后，大家和我一起来看一个汉代的小人儿吧，看得高兴了，也许就会有更多的同学认同我的猜想了。这是河北满城汉墓出土的一个玉雕人像。人形凭几端坐，大眼高鼻，长眉短须。玉人身上，有一个非常值得注意，却似乎一向无人注意的重要内容，在他的屁股底下有阴刻铭文曰："维古玉人王公延十九年。"（中国社会科学院考古研究所、河北省文物管理处《满城汉墓发掘报告》）"延十九年"，显然是延寿十九年的意思。现在你要是给人祝寿，说"祝你长寿十九年"，会是怎样一种场面？你会落下一个什么样的结果？那真是难以想象，又可想而知。但西汉人就这么用了，墓主也带着这样的铭文，去

河北满城汉墓出土玉雕人像
（据《满城汉墓发掘报告》）

河北满城汉墓出土玉雕人像底部铭文
（据《满城汉墓发掘报告》）

往了那个纯净的灵魂世界。这说明了什么？说明"十九"这个天之大数，可以表征一个比这个数目本身要大很多的数值，是相当于千年、万年以至永远的，所以汉朝人才会有这样的用法，而且这样的观念在社会上是普遍存在的。

显而易见，这样的观念还有更早的渊源，是从《庄子》讲的那个庖丁游刃于骨肉之间时就流行于世并一直传承下来的；向下，则到了萧统率人编集《文选》的时候，用这一天之大数来确定选编"古诗"的篇数，可以象征天下精华囊括于斯，隐含有清人《金石萃编》之"萃编"或《古文观止》之"观止"的意味。人们很容易下意识地考虑到这一因素。

常语云"诗无达诂"。至少有一部分像我这样的读者是可以这样想，也可以这样信的，这也是外行棒槌读"古诗"的一个乐子，是不是思入邪路，就不知道了。

2019 年 4 月 1 日下午
讲说于北京师范大学文学院

黄河奔浊浪，是天生不清

——合理认识人为因素对黄土高原 水土流失和黄河水患的影响

　　很高兴来到地处黄河流域和黄河文明核心腹地的河南大学，来到河南大学的"黄河文明与可持续发展研究中心"，同大家交流我对黄河变迁和黄土高原水土流失问题的一点看法。

　　请大家谅解，我今天来和大家讲的，并不是什么新的研究，而是若干年前写下的一些读书心得。单纯从时间角度看，似乎已成"旧说"，或许是由于大家都很忙，或许是因为我的研究做得不够好，人微言轻，好像并没有引起什么人的关注；至少不像我写《制造汉武帝》《海昏侯刘贺》《建元与改元》，或者像我最近发文附带谈到所谓商周"族徽"根本不可能是"族徽"那样，一石激起千重浪，波浪连连，甚至有些浪头像砖头一样拍上了自己的额头。

　　在我看来，下面要谈的这个问题，在学术史上的影响和意义，是丝毫不亚于所谓"制造汉武帝""海昏侯刘贺""建元与改元"或所谓商周"族徽"问题的。所以，希望能够借这个机会，简略地向大家重申我的观点，愿更多的人能够对拙说有所了解，也欢迎有识者能够对拙说予以匡正。当然，只要认真思索，动真心来说真话，即使是老调重弹，旧说新讲，也会有一些新的思索融入其间，在既有认识的基础上向前有所推衍拓展。

很多年以来，人类不合理地开发利用自然资源而造成的环境问题，已经成为世界各国各界共同关注的焦点。

在东方，在中国，提到人类活动影响环境的重大历史事件，首当其冲的一个著名案例，就是中国北方黄土高原的植被破坏所造成的水土流失，及其对黄河下游水患与河道变迁的影响。

在这一方面，从民国时期起，中国本土和来自西方、东方的域外学者就做过一些研究工作。例如，上世纪 20 年代，南京金陵大学森林系的美国籍教授罗德民（W. C. Lowdermilk）先生，即已通过考察汾河流域的水土流失状况，明确提出了"人为加速侵蚀"的概念；稍晚，中国水利学家李仪祉先生也明确意识到，上中游区域缺乏足够的森林植被覆盖，是黄河下游泥沙大量淤积于河道并引发河患的关键因素；另有日本学者松本洪先生，在上世纪 40 年代，出版《上代北支那的森林》一书，初步尝试复原北方黄河流域包括黄土高原在内的各个地区古代森林植被的原始覆盖状况。这样的研究，是基于原始森林植被遭到人为破坏之后水土流失加剧的情况。不过，与这些学者相比，更为重要的工作，却是上世纪 60 年代初，复旦大学已故教授、著名历史地理学家谭其骧先生所做的一项研究。

　　1962 年，谭其骧先生发表了《何以黄河在东汉以后会出现一个长期安流的局面——从历史上论证黄河中游的土地合理利用是消弭下游水害的决定性因素》这篇文章。文章指出，历史时期黄河决徙频仍，主要是黄河中游黄土高原地区的森林和草原植被遭到破坏所致。这也就是说，黄土高原上的农业开发，导致农业植被取代了原始的森林和草原植被，从而造成严重的水土流失，而由黄土高原冲刷到黄河中游河道里面的泥沙，被水流搬运到黄河下游河段以后，沉淀于河道，日积月累，致使河床升高，河水外溢或是河道决口，乃至改道他流，造成严重的环境问题。即谓人为活动的影响，是造成黄土高原水土流失和黄河下游水患最为重要、最为根本的原因。

　　在中国，这篇文章首次以具体、清晰而且在较长时段内进行了前后对比分析的历史范例，深入论证了黄土高原中游地区农田开垦所导致的植被变迁极大地加剧了水土流失的速率，具有很强的说服力。因此，后来关注黄土高原植被变迁的学者，纷纷仿效其事。譬如，业师史念海先生关注黄土高原和黄河变迁问题，其首要着眼点同样是在这里，并引导中国学者做了大量类似的研究；而且这些研究，正在中国以及日本等世界各个地区，引起更为广泛的关注。

　　这样的情况表明，谭其骧先生这篇文章不仅在黄河变迁研究史上具有划时代的意义，而且在中国历史植被地理的研究乃至现在很多人参与的所谓"环境史"研究中，也是具有里程碑意义的一篇典范之作。

就其基本原理或者一般趋势而言，谭其骧先生所说自然不容置疑。

不过，造成黄河下游河水决溢的原因，远不止泥沙淤积一端，诸如下游河道的形态、河道流经地点的地理环境、汊流宣泄洪水的能力、堤坝的坚固程度，乃至海平面和降雨量的变化等因素，同样也会起到重要作用。

情况虽然相当复杂，有许多问题骤然之间确实不易说得清清楚楚，但也不能把这种复杂的情况看作稀里糊涂的一锅粥，怎么说就怎么有理，怎么说都能自成一说。通过一些典型的事例，人们还是可以在一些关键的问题上做出取舍从违的判断。

前面一开头我提到的敝人"若干年前写下的一些读书心得"，主要是指《由元光河决与所谓王景治河重论东汉以后黄河长期安流的原因》这篇文稿（收入拙著《旧史輿地文编》）。从题目就可以看出，这是在阐述一些与谭其骧先生不同的看法。

下面，我就主要依据这篇文稿，以汉武帝时期的元光瓠子河决作为例证，来具体验证一下黄河中游的土地开垦状况与黄河下游的水患之间，是不是真像谭其骧先生所讲的那样具有直接的对应关系。

黄河中游植被变迁所引起的河水泥沙含量变化虽然当即就会有直接体现，但对下游河患的影响却要通过河道的逐渐淤积抬高间接地表现出来。因而，并不是植被一遭破坏，下游决溢改道就立即增加；反之，植被一得恢复，河患就立即减少。由中游河段水流中泥沙含量增加，到下游河段河床泥沙沉淀淤积，抬高河床，再到壅高的河水漫溢两岸，或是溃决堤坝，造成严重的灾害，这三种现象相继发生的时间顺序，不妨姑且称之为"时相滞后"。也就是说，黄河下游河床的淤积抬高要滞后于中游水流泥沙含量增加一段时间，而下游河水泛滥成灾，较此还要再滞后一段时间。

按照谭其骧先生的看法，在河患严重的西汉时期乃至秦朝之前，黄土高原上基本应属畜牧区，同时，射猎还占着相当重要的地位，农业的比重很小。因此，"原始植被还未经大量破坏，水土流失还很轻微"，这是战国以前黄河下游很少发生决徙的根本原因。

另一方面，谭其骧先生又总结说，从汉文帝十二年（前168）起，到新莽始建国三年（11），在这一百八十年间，黄河决溢有十次之多，其中五次还导致了改道，水灾波及地域范围广大，进入了一个河患严重而且频频发生的时段。

造成这种局面的原因，谭其骧先生认为，主要是在秦始皇和汉文帝乃至后来的汉武帝时期，朝廷向黄土高原迁入了大量农业人口，极大改变了黄土高原的人口构成成分和当地的土地利用形式。

然而，除了秦始皇三十五年（前212）在黄土高原南缘泾河岸边的云阳徙入五万家一事确实会在一定程度上加大黄河中游的水土流失之外，谭其骧先生列举的其他几次移民垦殖，或无法落实，或移民徙入的地点是在黄河上游河段，而现代水文测量表明，黄河下游河水当中的泥沙，主要来自内蒙古托克托县河口镇以下的黄河中游山陕峡谷河段以及泾河、洛河和渭河流域，河口镇以上上游河段的来沙量只占 9% 左右；特别是淤积在黄河下游河床中的泥沙，有将近 70% 是大于 0.05 毫米的粗颗粒泥沙，而这些粗颗粒泥沙绝大部分源自中游地区，来自河口镇以上上游河段的粗泥沙只占粗泥沙总量的 5.4%，可谓微乎其微。

所以，即使真的像谭其骧先生所说的那样，在汉文帝以前，即已向黄土高原迁入大量人口，但由于谭其骧先生所说迁入地点，绝大多数都在托克托县河口镇以上的上游地区，这些迁入黄河上游区域的移民，恐怕不大可能会给黄河下游河道增加多少泥沙。另一方面，秦和西汉初年，黄土高原上即使有较大规模的人口输入，按照"时相滞后"原理，也不应该很快就在黄河下游引发水灾。

就是在这样的移民垦殖背景之下，文帝十二年冬十二月，"河决东郡"，黄河下游河道发生了自战国以来的第一次大规模决口。这也就是谭其骧所说历史上第一个河患频发期中的第一次重大水灾。但研究表明，在此之前，能够明显加重中游地区垦殖程度的移民行为，只有秦始皇三十五年向云阳迁入五万户居民这一起，而相对于整个黄河中游这一广袤区域而言，云阳一隅之区区五万户人家，绝不可能在大范围内普遍加剧土壤侵蚀，因而也就不会向下游河段多输送太多泥沙，并直接导致河堤溃决。

三十年后的汉武帝建元三年（前138）春，黄河下游又发生泛溢，农田大面积受损，导致严重饥荒，竟至"人相食"的程度。又过了六年，在武帝元光三年（前132）的春天，同样是在东郡境内的河段上，"河水徙，从顿丘东南（北）流入勃海"，但这次决口再没有留下什么其他记载，估计时间很短，就被堵塞复原。孰知到了这一年夏季五月，东郡境内又发生了更大规模的水灾，"河水决濮阳，泛郡十六"，水漫六分之一左右的国土，而且这是全国最富庶的地区，以致朝廷不得不征发多达十万以上的民夫，试图堵塞决口，但也没有取得成功。这次水患前后持续二十三年，到汉武帝元封二年（前109）四月，才由汉武帝亲临施工现场，"发卒数万人"，并且特地作歌吟唱，激励民心，这才彻底堵塞决口。

文帝十二年和武帝元光三年五月这两次河决，影响重大。汉文帝十二年黄河在酸枣决口以后的三十多年时间内，并没有见到朝廷向黄河中游区域迁入农业居民的记载。因此，武帝建元三年黄河在平原的泛溢和元光三年春夏之间前后相继的两次大规模决口泛滥，同样没有理由简单归咎于中游地区农业生产发展对天然植被的加速破坏。

事实上，在西汉这几次黄河决口和泛溢发生之前，在黄河中游黄土高原大部分地区的土地利用形式当中，牧业生产还占有很大比重。司马迁在《史记·货殖列传》中分区叙述各地物产特征时指出："龙门、碣石北多马、牛、羊旃裘、筋角。"这些物品当然都是畜牧业的特产。司马迁所说龙门、碣石以北，应当包括今山西、陕西黄土高原的很大一部分区域。史念海先生论述秦汉时期的农牧业区域划分，就主要依据这一记载，将农、牧业区域之间的分界线划在关中平原北缘，向东经过黄河龙门之后，转趋东北，斜贯今山西中部，再大致沿今燕山山脉东至碣石。

那么，前述西汉文、武两帝时期的河患，特别是元光三年的决口泛滥，又是由什么时候冲积下来的泥沙造成的呢？

前面我已经提到了美国学者罗德民先生提出的"人为加速侵蚀"这一概念。按照正常而又简单的逻辑来思考，不言而喻，有所谓"人为加速"的"侵蚀"，就有一种即使没有人类活动影响甚至世上根本就没有人类这个物种也依然存在的"自然侵蚀"。事实上，早已有学者分析指出，黄河中游地区的水土流失，除了人为加速侵蚀之外，原本还存在着不因人类活动而增减的自然侵蚀。在这种情况下，中游区域天然植被的破坏或者恢复，对下游河道的泥沙淤积究竟有多大影响作用，还需要慎重评估。

依据景可先生等人的研究成果，在全新世中期，黄土高原的年侵蚀量为10.72亿吨，而在公元前1020年至公元1194年期间，黄土高原的年侵蚀量为11.6亿吨，比全新世中期大约只增加7.9%，数量之微，以至地理学家只把这个增加量看作"自然加速侵蚀量"。相比之下，"人类对土壤侵蚀的影响当可忽略"。这种情况，在很大程度上，是由"黄土"易于"流失"

的特性所决定的。

自然科学工作者这一测算结果，在历史文献当中也有反映。如《左传》引述周人逸诗，就有"俟河之清，人寿几何"的感叹；又如战国时张仪说秦王，谓齐国"济清河浊，足以为限"，燕王当时亦有类似语句云："吾闻齐有清济、浊河可以为固。"由此可以看出，早在西周至战国时期，黄河便是以水色浑浊而著称于世。造成这种状况的原因，自然是从上中游流域挟带下来的大量泥沙。

上述情况显示，至少在秦和西汉时期以前，黄河下游的泥沙，主要是来自黄土高原地区的自然侵蚀，人为加速侵蚀量微乎其微。这种情况，正如唐朝人孟郊在《自叹》诗中所形象描写的那样："黄河奔浊浪，是天生不清。"因此，在我看来，现在学术界和社会上通行的黄土高原土地利用形式直接导致黄河中游水土流失加剧并引发下游水患的说法，应当予以修正。我们应当以一种更为科学也更为客观的态度，合理地对待黄土高原与黄河的环境变迁以及灾害治理问题；至少对于中国绝大多数人文社会科学领域的学者来说，这是一个需要认真对待的问题。

深化对这一问题的认识，需要做很多细致、艰辛的探索，而不是像现在很多文史学者那样，只是简单重复像谭其骧先生和史念海先生这样一些前辈学者多年前所提出的观点。这样的做法，不大像是在做学术研究，而更像是搬砖。到现在，在建筑工地上干活，搬砖似乎还是必不可少的工序，可是在学术研

孟東野詩集卷第三

感興下

勸酒

白日無定影清江無定波人無百年壽百年復如何堂上

陳美酒堂下列清歌勸君金屈卮勿謂朱顏酡松柏歲歲

淺丘陵日日多君看終南下千古空崴崴

自歎

愁與髮相形一愁白數莖有髮能幾多禁愁日日生古若

不置兵天下無戰征古若不置名道路無欹傾太行聳巍

我是天產不平黃河奔滔浪是天生不清四蹄日日多雙

清张文虎节录本《孟东野诗集》

究领域，搬砖不仅无益，还很有害。它会把这个领域的场景，弄得一片狼藉，看着就很不舒服，更不易厘清前进的方向。

历史学的研究，由于研究资料的限制，存在很多难以避免的缺憾，因而需要一代代学人世代相承，在前辈业已做出的业绩上，不断向前做出新的探索。

其实不唯后学晚辈，就是老一辈学者本人，或者说每一代学者自身，其学术认识也当与时俱进，不断深化。现在有些学人，对自己的老师或是钦心崇敬的师长，往往容不得他人提出丝毫不同的看法。寻绎其动机和缘由，自是多种多样，但不能清醒认识到每一位前辈学者也像我们晚生后辈一样有一个成长的过程，认识不到这些前辈学者早期的学识通常不会像后来那样精湛老到，甚至也会有一些幼稚的地方，这对于很大一部分人来说，至少是其中一项重要的因素。

像我近年论述汉武帝晚年政治取向问题，写《制造汉武帝》，其中部分内容谈到了与田余庆先生不同的看法，一些人对拙说不予认同并固持田余庆先生的旧说，这固然各有各的道理，不过在我看来，至少其中有一部分人士对田余庆先生中年时期读书和思考的周详程度，是有很强迷信的——这些人士是按照田余庆先生晚年更深醇的学术素养来仰视其当年的情况，可这并不一定符合实际情况；更何况做学问本身就是一件遗憾的事情，任何一位学者的学术素养都不会至善至美，谁都会留下一些不可避免的缺憾。

在《何以黄河在东汉以后会出现一个长期安流的局面》这

篇文章发表十几年之后，谭其骧先生相继发表了《〈山经〉河水下游及其支流考》和《两汉以前的黄河下游河道》这两篇论文。我觉得，这是谭其骧先生为我们留下的两篇非常重要的大文章，其学术价值一点儿也不比《何以黄河在东汉以后会出现一个长期安流的局面》那篇文章低。

通过这两篇文章，特别是后者，谭其骧先生非常清楚地揭示出黄河下游河道在战国中期以前的基本形态——黄河下游的干流至少曾往返游荡于三条河道之上。这三条河道，一条见于《山海经·山经》的记载，谭其骧先生名之曰"《山经》河"；另一条见于《尚书·禹贡》的记载，谭其骧先生称之为"《禹贡》河"；此外还有一条见于《汉书·地理志》的记载，谭其骧先生称作"《汉志》河"。

谭其骧先生这一研究的重要意义，在于他清楚指明了战国中期以前曾存在至少三条以上的黄河下游河道，而且这几条河道迭为干流，变换不定，甚至有时会有两股河道并存；同时不管是哪一条河道，都经常漫溢泛滥。至战国中期以后，才由人工修筑的千里长堤把黄河下游固定在唯一一条河道上。

就自然地理的基本原理来说，在没有人为的控制介入之前，像黄河这样的大河，在其下游进入坦荡的平原地域之后，通常都会散成多条河道，齐头并进，汇入大海。上述"《山经》河""《禹贡》河"和"《汉志》河"这几条河道，实际上就应该是这样一些平行并列的"汊流"。其实《禹贡》记述黄河下游在"北过降水，至于大陆"以后，"又北播为九河，同为逆河入于海"，讲的就是这样的情况（"逆河"是指与"支流"相反的"汉流"，"九河"是表示有多条汉流并存）。

谭其骧先生对相关问题的解释，虽然尚且未达一间，没有能够完全中其肯綮，但已清楚揭示出战国中期前后黄河下游河道两种绝然不同的形态，而这样的河道形态，对以汉武帝元光年间瓠子河决为标志的重大河患的发生，是具有重要的决定性意义的。

在战国中期以前，由于黄河下游有多股汉流并存，洪水得以随时自然宣泄。可是，当战国中期黄河下游被固定在唯一河道之后，由黄河中游河段挟带而下的泥沙，在河流进入下游河段之后，自然大部分都会逐渐沉积在这条唯一的河道的河床上，而河床上沉淀下来的泥沙愈积愈高，就很容易引发漫溢决口，直至改道他流。从战国中期起，到西汉文、武两帝时期，这条河道已经行用将近三百年时间，河床淤积已经很高，河决成灾，就不可避免地发生了。

写下《由元光河决与所谓王景治河重论东汉以后黄河长期安流的原因》一稿之后，这些年，我常想，假如谭其骧先生是先写出《〈山经〉河水下游及其支流考》《两汉以前的黄河下游河道》这两篇文章，再做黄河下游河道变迁的研究，那么，他会不会得出不同的结论呢？这是一个很吸引我思考，但也令我困惑无解的问题；在很大程度上，这也是学术研究的魅力与困惑。

总之，基于上面讲述的情况，我认为，黄河下游在战国时期形成的唯一河道，应该是造成汉武帝元光年间黄河决溢的首要原因，而不会是秦始皇以至汉文帝、汉武帝时期在黄土高原上加大的土地开垦。这也进一步清楚证明了"黄河奔浊浪，是天生不清"。

2019 年 5 月 24 日晚
讲说于河南大学黄河文明与可持续发展研究中心

独枕宦者绝天下乎?

我写《生死秦始皇》，由新近公布的西汉竹书《赵正书》作为切入点，对与之相关的诸多秦朝史事，提出了自己的看法。

我理解，所谓"学术研究"，就是每一个研究者都要提出自己独到的认识，既不是人云亦云，更不能不知所云。既然是在做研究，总是要在前人既有认识的基础上向前有所推进；或彼或此，或是或非，要毫不含糊地表明自己的观点。

研究历史问题，提出自己的见解，表明自己的观点，自然都要有史料依据。由于全书议题并不集中，涉及秦朝特别是秦始皇时期许多方面的事情，同一条史料，往往还会前前后后，重复提及。——在哪里引录，就论述哪一方面的事儿，分别切入不同的问题。

在反反复复的判读解析过程中，有时还会产生一些与所述主题毫不相干的零星想法，有余暇时把它写出来，或许能够给那些喜好历史的朋友提供一点儿谈资，也就是添加一些文

斬首七十六級虜二百八十八人別破軍七下城五定郡六
縣五十二得丞相一人將軍十二人二千石已下至三百石十
一人噲以呂后女弟呂須爲婦生子伉故其比諸將最親先黥
布反時高祖嘗病甚惡見人臥禁中詔戶者無得入羣臣羣臣
絳灌等莫敢入十餘日噲乃排闥直入大臣隨之上獨枕一宦
者臥噲等見上流涕曰始陛下與臣等起豐沛定天下何其壯
也今天下已定又何憊也且陛下病甚大臣震恐不見臣等計
事顧獨與一宦者絕乎且陛下獨不見趙高之事乎高帝笑而
起其後盧綰反高帝使噲以相國擊燕是時高帝病人有惡
噲黨於呂氏即上一日宮車晏駕則噲欲以兵盡誅滅戚氏趙
王如意之屬高帝聞之大怒乃使陳平載絳侯代將而即軍
中斬噲陳平畏呂后執詔長安至則高祖已崩呂后釋噲使
復爵邑孝惠六年樊噲卒謚爲武侯子伉代侯而伉毋呂須亦

凤凰出版社影印宋刻十四行单附《集解》本《史记》

化知识；往深了说，这或许还会给人们认识现实世界带来某种启发。

今天，给大家讲的一条史料，是《史记·樊郦滕灌列传》当中一段有关西汉开国皇帝刘邦的记载。

这条材料，我在《生死秦始皇》中曾两次依据它来申说自己的观点：一次是在《一件事，两只笔》那一篇里，引用它来说明所谓"胡亥诈立"是西汉初年人共知的基本事实；另一次是在《赵高是个去势的人》那一篇里，依据这一材料来说明当时人谁都知道赵高是个做过阉割手术的宦官。

我记忆力很差，读古书，读过跟没读过差不了多少，留不下很清楚的印象，只有在利用这些古书来研究具体问题的时候，才会对相关内容产生比较深刻的感觉。《史记·樊郦滕灌列传》这一段内容，就因为在《生死秦始皇》中的分析和利用，才有了很深的印象，并引发出一些感想。

下面就让我们来逐段解析《史记·樊郦滕灌列传》这一段记载：

> 先黥布反时，高祖尝病甚，恶见人，卧禁中，诏户者无得入群臣。群臣绛、灌等莫敢入。十余日,(樊)哙乃排闼直入，大臣随之。

这是说太祖高皇帝刘邦病了，他看着活人就烦，自己躺在宫里想讨个清闲，于是诏命宫廷禁卫：别放进来一个大臣。皇帝诏命如此，弄得那一班文武大臣，像绛侯周勃、颍阴侯灌婴之辈，谁也不敢贸然入宫。

可是，自从李斯帮助始皇帝确立"别黑白而定一尊"的地位之后，这"一尊"之帝就成了一朝安危的绝对标志。这么长时间，皇帝连个面儿也不露，到底是死是活，人们不能没有想法。

万一皇帝去世了，出现了权力真空，这意味着腥风血雨，会有一大摊利害相关的麻烦事。像樊郦滕灌这样一些从龙的大臣，是想也得想，不想也得想。这实在是与身家性命系为一体的大事情，比天还大。

一天两天你不见大臣，人们容易理解。毕竟皇帝也是人，也会有些不尴不尬的凡人俗事需要去做。可现在已经一连十几天了，还是一丁点儿声响都没有。弄得这帮子跟随他一道起事的弟兄心里实在悬得慌。空气中弥漫着诡异的气息，这实在让文武群臣太难以忍耐了。

第一个忍耐不住的人，乃是杀狗出身的樊哙。

说到这里，话头儿得暂且打住。现在满心慈爱，喜欢豢养小动物的年轻朋友，或许觉得樊哙其人有些不可思议：这家伙的工作，怎么会是专门去杀狗？唐开元年间人张守节曾经解释过这个问题："时人食狗亦与羊豕同，故哙专屠以卖之。"（见张氏《史记正义》）也就是说，当时人吃狗肉就像吃羊肉、猪肉一样，养狗就为杀了吃肉，现在韩国人不还有同样的习俗？从小杀狗杀得多了，血气自然要比其他那些大臣们更旺一些。于是，樊哙一把推开大门，冲入宫去。其他早已急不可耐的臣子们，一看挑头的来了，就紧随其后，一拥而进。

那么，他们看到什么了呢？是性命垂危的太祖高皇帝吗？眼前的情景只是：

> 上独枕一宦者卧。

翻译成大白话，就是刘邦横躺在一个宦官的身上。

宦官，就是伺候皇帝的。皇帝想躺，就随时都可以躺在他身上。刘邦若是真的重病缠身，躺在宦官身上休息一下，应该说是很正常的事儿，这没什么。可是，接下来，我们看到，樊哙一把眼泪一把鼻涕地向他倾诉了如下这样一段话：

> 始陛下与臣等起丰沛，定天下，何其壮也！今天下已定，又何惫也！且陛下病甚，大臣震恐，不见臣等计事，顾独与一宦者绝乎？且陛下独不见赵高之事乎？

简单地说，就是咱们弟兄起于草莽，打天下，是何等豪迈气派，现在你竟然就打算这样枕在一个宦官的大腿上，稀里糊涂地撒手走了吗？难道你不想想后事，不担心这个宦官像赵高一样在你身后控制大汉的江山吗？

孰知刘邦一听樊哙这些掏心窝子的话，竟然一下子"笑而起"——也就是噗哧一笑，就啥事儿没有地站起身来。

这意味着什么？意味着樊哙一辈大臣实在是杞人忧天，他们的主子刘邦啥事儿都没有，只是想自己和宦官单独待一段时间而已。

话说到这里，很多朋友一定会很好奇：刘邦为什么会不惜惹得满朝大臣惊恐不安，而非和一个宦官待在一起不可？

这是因为皇帝虽说号称天子，归根到底，不过是个凡人而不是神仙，而凡人就七情六欲什么都有，况且他既然身居万人之上，也就更有可能撒开欢来享乐。

西汉一朝的皇帝，就是由刘邦这位太祖高皇帝开的头儿，几乎个顶个都喜好男风。请看下面这个表格，它是依据《史记·佞幸列传》和《汉书·佞幸传》归纳的西汉诸帝同性伴侣表（所谓"佞幸"，在当时指的就是皇帝的同性伴侣）：

汉　帝	同性伴侣	伴侣身份	影　　响
高祖	籍孺	非有材能，徒以婉佞贵幸，与上卧起。	
惠帝	闳孺	非有材能，徒以婉佞贵幸，与上卧起。	郎侍中皆冠鵔鸃，贝带，傅脂粉，化闳、籍之属也。
文帝	邓通 赵谈（赵同） 北宫伯子	士人。无他能，不能有所荐士，独自谨身以媚上而已。 宦者。以星气幸。 宦者。长者爱人。	
景帝	周仁（周文仁）	郎中令，非宠臣。	

续　表

汉　帝	同性伴侣	伴侣身份	影　响
武帝	韩嫣	士人。善骑射，聪慧，善佞。武帝为胶东王时，嫣与上学书相爱，常与上共卧起。官至上大夫。	
	韩说	韩嫣弟。亦爱幸。以军功封案道侯。	
	李延年	宦者。与上卧起。爱幸埒韩嫣。官协律都尉。	
昭帝	金赏	驸马都尉秺侯。宠取过庸，不笃。非宠臣。	
宣帝	张彭祖	少与帝微时同席研书，以旧恩封阳都侯，出常参乘，号为爱幸。非宠臣。	
元帝	弘恭	宦者。明习法令故事，善为请奏。	
	石显	宦者。	
成帝	张放	士人。常与上卧起。封富平侯。	
	淳于长	士人。上爱幸不及张放。封定陵侯。官至卫尉。	
哀帝	董贤	士人。为人美丽自喜，常与上卧起，性柔和便辟，善为媚以自固。封高安侯。	

这个表格载录的西汉诸帝同性活动虽然还很不全面，但由此足以看出，对同性性爱的喜好，可以说是大汉皇帝浸满血液的生理本能。明了这个背景，我们就很容易知晓，当樊哙等人冲入未央宫中之时，刘邦其实正在享受他的同性之欢，所谓"病甚"云云，不过是他回避群臣的一个借口而已。

那么，在这里，我要讲的结论是什么呢？堂堂天子，自该尽情享受他想要的欢乐。像樊哙这一帮子人，竟不知臣子的本分，几天见不到皇帝就自作多情地担心刘邦会"独与一宦者绝"，这未免太不解风情，也太煞风景。像后来汉哀帝，甚至想把江山社稷都让给男宠董贤，那也只是他自己的事儿，与臣民何干？

2020 年 2 月 4 日记

谈卫太子起兵的一个关键因素

　　我写《制造汉武帝》（三联书店，2015 年 10 月），提出卫太子刘据对其父汉武帝刘彻搞了巫蛊之术，用以诅咒汉武帝快快死去。对此，很多人——我指的是所谓"学人"，或者说是"学术圈"里的人，是显然不能接受的。

　　学术问题，见仁见智；同为学者，也或贤或愚。因此，从统计学意义上讲，怎么看都很正常。各说各话，自说自话，所谓历史学研究的结果，在很多情况下，既是天地良心的事儿，也是天造地设的事儿。换个方式来表达，缘于研究者天良的强弱和天分的高低，这一门学问可以说始终是个稀里糊涂的事儿。

　　不管别人怎样看，不管别的学者是不是接受，就我本人而言，只能按照既有的认识，倾心尽力地做好自己的研究。必要时，再面向那些真心关心学术的圈子外边的人，进一步做出自己的说明和解释（若是觉得没必要再多废话，当然也就闭口不谈。譬如对所谓《李训墓志》，我觉得它必假无疑，别人怎看，那只是他自己的事儿，我都没有义务非去理会不可）。

就卫太子确实对汉武帝搞过蛊术这一点来说，鉴于拙著出版后众多普通的非专业读者的困惑，后来我又专门撰写了《汉武帝太子据施行巫蛊事述说》这篇文章，详细讲说了自己的认识。还好，文章刊布之后，接受拙见的读者，似乎增加了很多（此文后附入 2018 年出版的《制造汉武帝》增订本）。

不过一些重大历史事件，往往会牵涉诸多因素，在一部著述当中，很难把所有因素都一一展开，讲述清楚。像征和二年（前 91）卫太子刘据在巫蛊事变中何以会悍然举兵反叛，对于社会上那些特别关注这一"故事"生成演变过程的看客来说，就是一个还需要略加申说的问题。

如同我在《汉武帝太子据施行巫蛊事述说》这篇文章中所讲到的，太子据冲着其父汉武帝施行巫蛊这套把戏，是因为其母卫皇后早已因失宠而沦入冷宫，自己也处于随时会被废黜储位的险境，面对暴戾恣肆的汉武帝又完全束手无策。在这种情况下，只好采用当时很通行的做法，招巫行蛊，以诅咒汉武帝尽早离开这个世界。

这种巫术虽然未必管用，但至少可以发泄一下内心积郁多年的愤懑。

施行巫蛊之术，哪怕是直接针对汉武帝，在当时，也算不上是多么稀罕的事儿。问题是：事情败露之后，卫太子为什么竟敢舞刀弄枪，发动叛乱？诅咒主上，固然是弥天大罪，侥幸存活的概率很小。但若是俯首伏法，或许还能保全后嗣子孙，而举兵反叛，必定满门抄斩。因此，要是毫无成功的可能，卫太子也未必会如此铤而走险。

通观当时的形势，我认为，促使卫太子最终放手一搏的关键因素，是汉武帝的身体。

当江充侦得太子据施行蛊术的罪证的时候，汉武帝并不在京师长安城中，而是在渭河北岸甘泉山上的甘泉宫中避暑。避暑本身，当然不会引发卫太子什么不该有的幻想。当时的实际情况是，汉武帝不仅在避暑，同时也是在疗疾。

汉武帝具体得了什么病，虽然没有留下清楚的记载，但检核史籍，我们可以看到，早在二十五年前的元鼎元年（前116），他就曾一度濒临死亡。幸而同一位神异的女巫在甘泉宫中不知搞了一套什么把戏，才让他幸免于难。在这之后，汉武帝愈加痴迷于各种阴阳数术，特别是服用仙方丹药，苦求长生不老（《史记·封禅书》《汉书·武帝纪》）。

这些仙方丹药多含铅汞砷铜等重金属，不仅不会延年益寿，还会对身体造成严重的戕害。常年累积，必然造成身体日益衰败。汉武帝晚年，其性格愈加喜怒无常，忌刻多疑，与此也有直接关联。

现在，汉武帝又一次神隐于甘泉山中。卫皇后和太子据则留住在长安城里。汉武帝在山上的避暑夏宫里到底以什么方式来疗疾养病，这事儿弄得有点神秘，史书中没有留下一点儿记载。也许，像二十五年前一样，又找来一位女巫，故伎重演。可当年汉武帝四十一岁，正当壮年，有些法术，或许能骤然间激发出大量荷尔蒙，让顽疾宿病不药而愈；现在，他已经是一位六十六岁的老汉，操作不当，后果实在有些不好设想。

不管怎么样，卫皇后连续几次派人前去给他请安问候，汉武帝都一概不见不报。这就不能不让皇后和太子心里嘀咕了：皇帝到底是死是活？怎么一点儿动静都没有呢？

他们心里打的这面鼓，被太子少傅石德一语道破："上存亡未可知，而奸臣如此，太子将不念扶苏事耶？"（《汉书·武五子传》）也就是劝告卫太子，千万不能像秦始皇的太子扶苏那样（石德显然是把扶苏视同为与刘据一样的太子），在皇帝业已身死的情况下，任由奸臣宰割。——就是在这一前提下，卫太子才会冒险发兵，以求一逞。

实际上我们看一看太子据起兵之后，监北军使者任安和丞相刘屈牦首鼠两端的举止（《汉书·车千秋传》《汉书·刘屈牦传》），也清楚显示出他们对汉武帝的身体状况是充满疑惑的。

基于上述事实，我的理解是，要不是汉武帝在甘泉山中神隐不出那么长时间，卫太子于绝望之中寄希望于其父病重不能理事或是业已病故，是绝不会兴兵作乱的。

当然出来走，也是充满凶险。秦皇汉武都是走动得很多的皇帝。结果，秦始皇病倒在巡行的路上，汉武帝也栽在了出游的离宫之中。

2020 年 2 月 3 日记

天子绝无罪己诏

　　不知为什么，最近几天，总看到一些人，以不同的形式，提及汉武帝的"罪己诏"。

　　关于这个问题，前些年我做过专门的研究，结论是彻底否定了此事。

　　我那篇文章写得很长，题目叫《汉武帝晚年政治取向与司马光的重构》，发表在《清华大学学报》上。三联书店的副总编辑舒炜先生看了很感兴趣，于是，就把它当作一本书单独出版了。文章再长毕竟还是文章，一旦成书，就变成了一本很小的小书，名字也随之相应变短，叫《制造汉武帝》。

　　我在这部书中讲的制造"汉武帝"的人，当然不是我自己，可也不是刘彻的父亲汉景帝刘启，而是距离汉武帝一千多年以后的北宋人司马光。这是讲司马光为了构建出符合自己政治主张的汉武帝的形象，刻意改变既有的历史事实，硬是编造出一个浪子回头的故事——汉武帝刘彻在其晚年忽然痛改前非并下诏罪己。

漢武帝

四年春正月上行幸東萊臨大海欲浮海求神山羣臣
諫上弗聽而大風晦冥海水沸湧上留十餘日不得御
樓船乃還 二月丁酉雍縣無雲如雷如霆者三頃石二黑
如墨 三月上耕于鉅定還幸泰山脩封庚寅祀于明
堂癸巳禪石閭見羣臣上乃言曰朕即位以來所為狂

翁教臣言上乃大感寤召見千秋謂曰父子之間人所
難言也公獨明其不然此高廟神靈使公教我公當遂
為吾輔佐乃拜千秋為大鴻臚而族滅江充家燔文
於橫橋上及泉鳩里加兵刃於太子者初為北地太守
後族上慚太子無辜乃作思子宮為歸來望思之臺以
湖天下聞而悲之

悖使天下愁苦不可追悔今事有傷害百姓靡費天
下者悉罷之 田千秋曰方士言神仙者甚衆而無顯功
臣請皆能斥遣之上曰大鴻臚言是也於是悉罷諸方
士候神人者是後上每對羣臣自歎錄時愚惑為方士
所欺天下豈有仙人盡妖妄耳即食服藥差可少病而
已夏六月還幸甘泉 丁巳以大鴻臚田千秋為丞相
封富民侯 千秋無它材能術學又無伐閱功勞特以
言咎意數月取宰相封侯世未嘗有也然以人主意向一
智囊伍自稱蹋於前後數人先是捜粟都尉桑弘羊與
丞相御史奏言輪臺東有既田五千頃以上可遣屯田
卒置校尉三人分護益種五穀張掖酒泉遣騎假司馬

《四部丛刊初编》影印宋刻本《资治通鉴》

当然，社会阅历稍微多一点儿的人都明白，改变历史事实的办法，只能是按照作者想要的样子来书写历史。——司马光正是这样做的，他把这样一个汉武帝写入了他的历史巨著《资治通鉴》。

按照司马光在《资治通鉴》一书中的写法，汉武帝这篇"罪己诏"把话讲得很重，他说自己，"即位以来，所为狂悖，使天下愁苦，不可追悔。自今事有伤害百姓，糜费天下者，悉罢之"。

那么，汉武帝刘彻以前"狂悖"了些什么呢？这就是对内横征暴敛，对外穷兵黩武。特别是为了显示大汉帝国的国势，制定了要在所谓元封三年实现"大并天下"的战略目标——这主要是兼并中南半岛东侧以及朝鲜半岛的北部和中部。

现在很多喜欢以大汉帝国国富兵强、地大物博相夸耀的人，自然对此赞颂不已。然而，这些人大多并没有考虑或者很不在意汉武帝这样做的代价是什么——中南半岛东侧以及朝鲜半岛北部中部地区那些民众所遭受的苦难，在此姑且置而不论，即以作为战胜者的西汉王朝一方来说，是无以计数的草野小民为之付出了活生生的性命，还有他们面朝黄土背朝天创造出来的社会财富，即如当时知识界的"贤良、文学"们所说，不仅各项费用支出"不可胜计"，"边民有刎颈之祸，而中国有死亡之患"，并且"地弥远而民滋劳"（《盐铁论·地广》）。

讲这些话的"贤良、文学"们当然强烈抨击这样的治国路线。这些"贤良、文学"，大多都是孔门学人。他们的后辈司

非貪侵也所以除寇賊而安百姓也故無功之
師君子不行無用之地聖王不貪先帝舉湯武
之師定三垂之難一面而制敵匈奴遁逃因河
山以為防故去沙石鹹鹵不食之地故割斗辟
之縣葉造陽之地以與胡省曲塞擴河險牛要
害以寬徭役保士民由此觀之聖主用心非務
廣地以勞眾而已矣文學曰秦之用兵可謂極
矣蒙恬斥境可謂遠矣今踰蒙恬之塞立郡縣
冠虜之地地彌遠而民滋勞朔方以西長安以

《四部丛刊初编》长沙叶氏观古堂藏明刻本《盐铁论》

马光，完全继承了这样的批判精神，因而对汉武帝这套劳民伤财的政治举措很是不以为然。

司马光撰著《资治通鉴》，就像这部书的名称所显示的那样，他是希望用这部书来给宋朝君臣的治国施政提供历史的借鉴。对于汉武帝这种堪称"富国强兵"的政治主张和行为，司马光自己虽然很不喜欢，但却很容易被其他人援引为成功的先例，因而他必须令其有所改变。

结果，就是司马光硬行从南朝刘宋时人王俭撰著的神仙家小说《汉武故事》中找到他所需要的材料，据之写出了汉武帝下诏罪己悔过的事。像《汉武故事》这样的小说家言，既与《汉书》和《盐铁论》等信实可靠的基本史料相抵牾，自然不足凭信，可司马光并不是做什么"纯学术"的勾当，如上所述，他写《资治通鉴》是有为而发，有其强烈的政治目的。在他的笔下，史实必须服从于这个政治目的。

于是，我们就在《资治通鉴》中看到了汉武帝下诏罪己的场面。在现实生活中，司马光是个十足的老实人；《资治通鉴》，在表面上看也是一部严谨得不能再严谨的史学著作。这样，汉武帝下诏罪己的场面，就随着《资治通鉴》的流布而越传越广，越传越久。一直传播到今天，这样一个汉武帝，还是大多数人心目中的历史形象。

真心希望不停提及汉武帝"罪己诏"，并且很是期望看到能有帝王罪己认错的那些人，读一读拙著《制造汉武帝》；希望人们能够明白，所谓汉武帝下诏罪己之事，不过是一个虚妄的幻象，历史上从未存在。

在"雄才大略"的汉武帝眼中，为了实现他的强国大梦，草野小民的性命是根本不值一顾的，哪里还会有什么下诏罪己的事儿。好心的人们，千万不要想得太多。

2020 年 2 月 7 日记

历史大潮中的废皇帝还有
他读过的那些书

　　很高兴有机会来到福州，在这里讲述我在近年对西汉废皇帝刘贺，也就是所谓"海昏侯刘贺"，以及刘贺墓室出土文献的研究。

　　其实这好像也是我第一次来到福州这座城市。我一直很糊涂，是不是来过，记得不是十分清楚。不过，在学习历史的过程中，我知道唐朝末年北方有个叫王审知的，来到福州后，就给自己的儿子创下一份"大闽皇帝"的基业，福州实实在在是称得上"龙兴之地"的。

　　回到今天的主题。我们在认识历史问题、研究历史问题的时候，个人依托的那个时代背景往往会比某一位具体人物个人的作为更重要。今天我要讲述的西汉废皇帝刘贺也就是海昏侯刘贺的命运就是如此。我们不管是看刘贺这个人，还是看他身后留在墓穴里的那些遗物，都要具备一种开阔的眼光和视野，先放眼时代大背景，再聚焦于具体的人、具体的事，以及像刘贺读过的书这样具体的物。

明万历刻本《三才图会》中的王审知像
（据上海古籍出版社影印本）

我们福州，东边是海。坐北朝南，东边即左边，所以这里又有"左海"的别称。自古以来，福州人就一直临海而居，听海，看海，出海，对海涛海浪有更切近的体会。所以，在这里我就用海潮来比喻历史发展的大背景，在这个大背景下来看刘贺这位废皇帝的命运，还有他读过的那些书。

一　汉武帝晚年的政治作为与刘贺的命运

谈到刘贺这位废皇帝跌宕起伏的命运，追根溯源，不能不溯及汉武帝晚年的政治取向和政治作为。

今天各位朋友来到这里，听我讲刘贺其人其事，大多数人大概是阅读过或是听说过我写的《海昏侯刘贺》这本小书，更有一部分人是看过或是知道我在前不久刚刚出版的《海昏侯新论》这本书的。

一些读到《海昏侯刘贺》的读者，往往会嫌书中直接述及刘贺的笔墨过少，同时又对这本小书一直向前追溯至汉武帝晚年，也就是对这本书是从汉武帝晚年写起，感到大惑不解。

其实只要静下心来，逐次阅读这本书的内容，我想，那些原来不理解的读者，至少会有一部分人，是能够理解其间的原委的。这就是刘贺其人的一生，是随着他身后的那个历史大潮漂荡的，其浮其沉，关键的因素都不在他自己，而是汉武帝晚年政治态势向前推衍的必然结果。所以，我必须从汉武帝晚年的宫廷政治斗争写起。

　　不过天下万事都是一件事连着一件事，历史的叙事也不能无限向前追溯，写海昏侯刘贺，只能溯及与他的升降沉浮具有密切而又直接关联的往事前因。我在《海昏侯刘贺》这本书中切入的开始的时间节点，可以简单地用汉武帝晚年的"巫蛊之祸"来概括。

　　卫太子施用巫蛊之术诅咒其父汉武帝刘彻快快死去，是我在阅读《汉书》过程中注意到的一项重要史事。当然，我知道中国学术界对这一问题的通行看法与此不同；或者说中国绝大多数学者对这一问题的认识，与此不同。这些学者都觉得卫太子没做这种混账事儿，这是江充那个奸人对他的诬蔑陷害。

　　如果简单粗率地阅读《汉书》等基本史籍的记载，确实很自然地会得出这样的看法。然而专业的历史学者从事严谨的学术研究，就不能这么读史籍，不能这样解读史书的记载。对比参阅《史记》《汉书》诸处相关的记载不难看出，面对随时可能被废黜储位的危险，万般无奈之中，卫太子确实是想要通过施行蛊术来促使汉武帝早一天离开人间，这样也就离开了他的帝位，从而彻底解除对自己的威胁。

　　其实只要联系前后相关史事便可以看到，这样的做法，在当时是很平常，也很通行的，卫太子做出这种事儿，一点儿也不足为怪。可是当我把这一情况写入前些年在三联书店出版的《制造汉武帝》一书之后，很多读者不能理解，不能接受，甚至引发了比较普遍的不满和抗拒。一些读者以为我只是顺口胡说，并没有做过什么相应的功课。

在我看来，卫太子给刘彻搞巫蛊这件事儿并不复杂，这本来是一清二楚的，而且汉武帝可谓罪大恶极，咒他速死，也算得上是替天行道，是很正义的，也是我很赞赏的行为。

申明这一事实，竟遭遇上述反响，是我完全没有预想到的情况。为此，不得不另外专门写了一篇论文，题作《汉武帝太子据施行巫蛊事述说》，详细阐释了我对这一事件前因后果的分析。这篇文章刊出后，当然还有一些业内业外的人士不愿意接受我的说法，但理解和接受的人显然增加了很多。这篇文章，现在就附在《制造汉武帝》的增订精装本后面。

没有读过的朋友，认真阅读这篇文稿，就能很好地理解我考察刘贺政治命运的出发点及其缘由了，就能更好地理解我为什么由此出发来观察影响刘贺其人一生命运最主要的政治背景了。我写《海昏侯刘贺》，就是把下笔的地方定在了这里；刘贺一生的命运，就是由这一节点展开的，也是随着相关政事的终结而结束的。

简单地说，在经历了巫蛊事变之后，汉武帝刘彻的猜忌心愈加严重，对哪一位成年的皇子都不再放心，同时他自己也更想长生久视，永居帝位，所以就没有再立太子，定皇储。直至死到临头，才不得不指定少子刘弗陵继位接班。这位刘弗陵，就是后来的汉昭帝。

昭帝登上大位时，年仅八岁。如此幼龄，即使是真龙之种，连家也治不了，更不用说像西汉那么庞大的一个帝国了。于是，只能安排辅佐的大臣来代行其政。尽管汉武帝对此做了

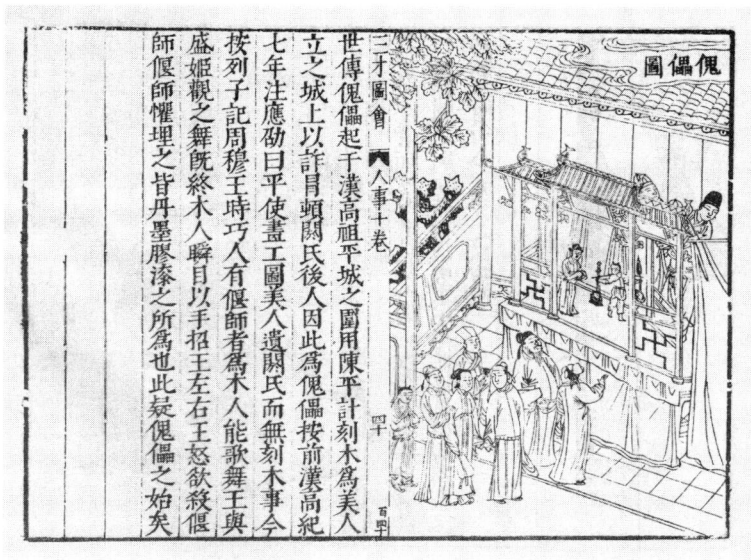

明万历刻本《三才图会》中的傀儡图
（据上海古籍出版社影印本）

精心的算计和设置，让霍光、田千秋（车千秋）、桑弘羊、上官桀、金日磾五位辅政大臣各司一职，相互牵制，以防任何一人专擅权柄，然而，秦始皇开创的是一个专制国体。汉承秦制，两千多年以来，后继者无不依样画葫芦，向下传承的也一直是这样的专制。专制就是专制，岂容彼等五臣共和运作？很快，霍光这位大司马大将军就把其余四人清出场外，使刘家的天下任由霍氏来统管。

霍光先是成功地培养并操弄了昭帝刘弗陵。孰知上天不遂人愿，汉昭帝这位乖乖的儿皇帝，年纪轻轻的，竟然在二十二岁就离世他行，迫使霍光不得不再找一个傀儡来继续操弄。结果，就找来了刘贺，在皇朝大政的舞台上，让他充当和昭帝一样的"刘氏真身假皇帝"的角色。

霍大将军选择刘贺来接班当皇帝，在很大程度上是由于刘贺智力不太高，或者说他是个不大不小的傻瓜。一般来说，傻瓜会比人精更好摆布一些。出乎霍光意料的是，刘贺竟然头脑发热，误以为自己是真龙天子了，甚至串通手下，想要收拾霍光。没办法，霍光只好废掉这个傻瓜再另择他人。于是，刘贺还没办完当皇帝的手续（霍光刻意留一手儿，只让他登基，而没告诉他若是名正言顺地当皇帝，还要有一个"告庙"的程序），就被退回昌邑国王的故宫，软禁起来。

于是，朝廷里就又有了替代刘贺的宣帝。不过，这回霍光遇到了真正的对手。结果，宣帝在霍光离世之后，成功地清除了霍家的势力。为抚慰刘氏皇室成员以及天下万民对霍光侮弄刘贺的不满，同时又要防止刘贺东山再起，影响自己的帝位，宣帝就把他远封到彭蠡泽畔的海昏，做了个列侯。

这就是完整的刘贺故事的梗概，他的升降沉浮，大起大落，实质上不过是随波漂荡，可谓成也霍光，败也霍光。而要想追究霍光擅权的开始和结束，就不能不论及汉武帝晚年和汉宣帝中期的政局。所以，我的《海昏侯刘贺》只能从汉武帝晚期写到汉宣帝中期，事使之然也。我觉得，只有这样写才能写出刘贺历史的全貌和真相。

附带说一句，读者朋友们要是有兴趣再读读我的《制造汉武帝》，或许对刘贺一生的命运能够有更深刻的理解。

二 《史记》流布的历史与刘贺墓中出土的
与之相关的文字

西汉这位几乎被通行历史教科书遗忘掉的废皇帝，之所以骤然间引发万民瞩目，诱因是刘贺墓室的发掘，特别是墓中出土的大量文物。

这些文物现身于世之后，社会各界人士包括很多专家学者在内，迅即面向公众，对这些文物做出解释分析。这是一种非常好的现象。考古新发现激发社会公众对历史文化的强烈兴趣，专家学者们适应社会需要及时做出回应，这样才能让专业的历史学研究（在我看来，考古学和古器物的研究只是历史学的一个特殊组成部分）回归社会，回归公众。

然而，在认识、解析这些出土文物时，学者们的做法往往不尽相同。学术观点的分歧是必然存在的，我讲的并不是具体观点的差异，而是认识问题的方法和途径。具体地说，我认为，对大多数古代文物的认识，都不应该是孤立地看待某一器物本身，而是应当尽可能地将其置于一个更大的同类事项或是相关事项的整体环境之下来分析解说。事实上，清代乾嘉时期以钱大昕为代表的那些最优秀的第一流史学家，研究每一个历史问题时，秉持的都是这样的态度。也正因为如此，他们才取得了那么辉煌的学术业绩。

如果只是泛泛地说说，这样的想法，恐怕很多人都会予以赞同。可是，这话说起来容易，动手动脚地实行起来，却不是那么简单。有的人，一接触实际，就只顾眼前，忘掉了刚才讲的那个大背景；要是争着抢着先发表见解，就更顾不了那么多了。另一些人，也许念兹在兹，未尝或忘，可是心有余而力不足，想做却怎么也做不到。因为学者眼里能够看到多大的大背景，这是受到其自身知识面和知识量的制约的。知识面和知识量若是不足，就是怎么努着劲儿做，也做不到的。

我自己的知识素养当然很差，但随着年龄的增长，读书毕竟比年轻时多了一些，所以近年来总是提醒自己，要努力追步钱大昕一辈学者，尽量放宽视野看问题，在大视野下去深入细致地探究每一项具体的史事。知识储备不足怎么办？哪怕现用现学，也要努力为之。做不好也要尽力做。

下面，就让我们本着这种基于大背景审度具体事项的路径，来看一下刘贺墓中出土的他读过的那些书。

在这位废皇帝的墓室里，出土了一大批带有文字的竹木简牍，另外还有其他一些包括器物铭文在内的文字。但这些文字大多都还没有整理出来以正式公布，因而也无法从事进一步的研究。

在这里，我想先简单谈一下刘贺墓中那面穿衣镜镜背的文字同司马迁《史记》的关系问题，这也就是刘贺到底读没读过《史记》的问题。

或许是与社会公众好奇的心理有关，实际上更与学术界多

所谓"孔子衣镜"镜背的图像与文字

年以来过分崇信新材料的学风相关，对刘贺墓中出土的各类文字，人们最感兴趣的就是那些可以与传世文献相互比对，同时又与传世文献不同的内容。

颇有那么一批学者，动辄想要赖此新材料去"颠覆"传世文献的记载；同时，历史学研究既然如此简单，不管是谁，只要能挖出宝来，就能超越一代代呕心沥血的学者，获得全新的结论，这使得社会上那些看热闹的人，更是跃跃欲试，想要显示一下身手。

按照这些人的想法，中国这块土地上居住的这一人群，世世代代，脑子都不够清楚，总是把最好的著述弃而不留，反而留下一篇篇胡说八道的文本。所以，在他们的眼里，中国传世文献载录的内容，真是满纸荒唐言，一笔糊涂账。要是世间不生盗墓贼，靠他们从地底下挖出点儿什么，历史就一团模糊，甚至一团漆黑，根本看不清个模样。

或许是太期待也太兴奋了，刘贺墓发掘不久，主持发掘的杨军先生在一次讲演中提到了墓中出土的简牍，记者报道时便把他讲的《礼记》误写成了《史记》。一时间人们欢呼雀跃，犹如太史公再世了似的。《礼记》这类经书，早就有过简书帛书的早期写本出土，像《仪礼》，武威汉简里还一下子出土了很多长长的篇章。与此相比，像模像样的纪事性史书，在所谓《竹书纪年》于西晋时期出土之后，却一向较为罕见。现在，竟然看到了纪传体史书之祖《史记》最早的文本，喜何如之？

可我一看到这种说法就表示极大的怀疑。为什么呢？因为《史记》的传布过程，在传世文献中有比较清楚的记载，按照记载，刘贺其人是不大可能拥有这部《太史公书》的。读过司马迁《报任安书》的人都知道，他是要把这部书稿"藏之名山"，以待能行其书之人以传于"通邑大都"的。所谓"藏之名山"，只是个形象的说法，实际上他不过是把书稿留存给家中后人而已。这意味着在司马迁生前，并没有把自己这部著述公之于众，故班固在《汉书·司马迁传》里说"迁既死后，其书稍出"，也就是说在司马迁去世之后，世人才对他写的这部《史记》有所了解，然而还是无法获读此书。直至宣帝时期，他的外孙"平通侯杨恽祖述其书，遂宣布焉"（《汉书·司马迁传》），即才由杨恽把《史记》的书稿公之于世。在一定条件下，有意者始可抄录传播。

按照班固的记载，这应该就是《史记》流通于世的时间起点，而如上所述，这是在宣帝时期才发生的事情。这时，被霍光赶下帝位的刘贺，已经离开了长安，或是囚徒般地被软禁在昌邑国故宫，或居住在江南豫章的新封之地，但仍受到朝廷严密的监视，防止他与世人，特别是与中原来人直接接触。在这种情况下，他能够获读《史记》，实在是一件难以想象的事情。

另一方面，我们若是了解到《史记》在西汉时期的具体流布状况，就更加能够理解刘贺接触《史记》的机缘是微乎其微的。

在汉宣帝时期，杨恽将《史记》"宣布"于世之后，这部书在社会一定范围内虽然有所流传，但传布的范围仍相当有限。汉成帝时，宣帝的儿子东平王刘宇，在进京来朝时，"上疏求诸子及《太史公书》"。在《汉书》刘宇的传记里，记下了朝廷议处此事的经过，文曰：

> 上以问大将军王凤，对曰："臣闻诸侯朝聘，考文章，正法度，非礼不言。今东平王幸得来朝，不思制节谨度，以防危失，而求诸书，非朝聘之义也。诸子书或反经术，非圣人，或明鬼神，信物怪；《太史公书》有战国纵横权谲之谋，汉兴之初谋臣奇策，天官灾异，地形厄塞：皆不宜在诸侯王。不可予。不许之辞宜曰：'《五经》圣人所制，万事靡不毕载。王审乐道，傅相皆儒者，旦夕讲诵，足以正身虞意。夫小辩破义，小道不通，致远恐泥，皆不足以留意。诸益于经术者，不爱于王。'"对奏，天子如凤言，遂不与。

知晓朝廷对东平王刘宇阅读《史记》的防范竟是如此严厉，就很容易明白，刘贺要想找一部《史记》读读，以他的身份和处境，在当时应是一件颇犯忌讳的事情；我们再来看杨恽后来遭除爵罢官，被祸的缘由，即因其"妄引亡国以诽谤当世"（《汉书·杨恽传》），而这与他好读《太史公书》显然具有密切关系，从而可知好读《史记》往往会导致很严重的后果，朝廷对刘贺自然也要加以限制。再说刘宇身为王爷，想讨一部《史记》都不获朝廷恩准，刘贺这位被监视居住的列侯，对当朝皇帝构成一定威胁，怎么能够想读《太史公书》就会轻易读到？

虽然后来澄清事实，那次杨军先生在讲演中讲的，是出土了《礼记》断简，并没有提及司马迁的《史记》，但若没有一个合理的认识路径，类似的问题就还会出现。果然，接下来就有很多人极力主张把刘贺墓出土衣镜背面书写的文字，特别是衣镜铭文的最后一段，定为录自《史记·孔子世家》的内容。

这个衣镜又被报道和研究者称作"孔子衣镜"，其背面书写的某些词句，同《史记·孔子世家》的文字，确有近似之处；尤其是篇末结语，同《史记·孔子世家》之司马迁赞语高度雷同，被有些人视作镜铭出自《史记·孔子世家》的坚实证据。但即使是按照现在研究者通行的思路，一定要因为司马迁生年早于刘贺，就认定这篇出自刘贺墓室的镜铭是问世于司马迁之后，那么，它既有可能是取自与《史记》同源的成文，也有可能是《史记》之外流布于世的司马迁的言词。

尽管在东汉以后"纯正"的儒家看来，司马谈、司马迁父子的思想似乎都不够"正宗"，但就当时的实际情况而言，他们就是儒生，司马迁学《书》于孔安国且据以撰著《史记》相关的篇章（《汉书·儒林传》），就是很具体的事证。在这种情况下，除了撰著《史记》以外，司马迁通过其他途径书写或是谈论到一些与《史记·孔子世家》一书相同的内容并流布于世，自是情理之中的事情。

汉武帝称司马迁"辩知闳达，溢于文辞"（《汉书·东方朔传》)。班固讲述汉武帝时得人之盛，也举述说"文章则司马迁、相如"（《汉书·公孙弘卜式儿宽传》篇末赞语）。当时

《史记》正在撰著过程之中，司马迁的"文辞"或"文章"自然别有体现（绝非触罪之后才写下的《报任安书》而已），这些"文辞"或"文章"自然会在世上有所传播，当然世人也就会对其有所称引，这些词句何必非出自《史记》书中不可！

其实若是改换一下思维的路径，我们还可以翻转视角，倒过来看待这一问题，即刘贺墓室中既然另有《论语》《礼记》等先于太史公的文献，那么这篇"孔子衣镜"镜背的铭文，也就完全有可能先于《史记》，也先于司马迁问世，刘贺家中的衣镜，只是照样抄录一篇世间通行的成文而已。如果我们考虑到衣镜厅室陈设的性质和日常应用的功能，这样的可能性应会更大。

实际上我们只要看一看"孔子衣镜"镜背的铭文，会发现它同《史记·孔子世家》还另有严重歧异的地方。如谓"鲁哀公六年，孔子六十三。当此之时，周室灭，王道坏，礼乐废，圣德衰，上毋天子，下毋方伯，……强者为右，南夷与北夷交，中国不绝如缕耳。孔子退监于史记，说上世之成败，古今之□□，始于隐公，终于哀公，纪十二公事，是非二百冊年之中，……"云云（王意乐等《海昏侯刘贺墓出土孔子衣镜》，刊《南方文物》2016 年第 3 期），这好大一段很特别的话，就完全不见于《史记·孔子世家》，也不见于现在能够看到的任何一种传世文献，而被人指认为出自《史记·孔子世家》篇末赞语的那些词句，就接在这段话的下边。依我看，这篇镜背铭文是一篇统一的文字，前后贯穿，一气呵成。这一情况，就已经清楚显示出它不大可能是从《史记·孔子世家》的太史公赞语中剪切而来，应是另有整体的来源。假如一定要对这两处文字做对比分析的话，我倒更觉得应是《史记·孔子世家》因袭了这篇镜铭的旧文，而不是镜铭割截《太史公书》。不过这是个需要具体论证的问题，且容我日后一一解说。

读书需要识大体，首先要前后通观，把这篇铭文当作一个整体来看待。这样的视角，其本身也可以认为是在大背景下看具体的细节。清人钱大昕在研治史事时，就特别强调"读古人书，须识其义例"（钱氏《潜研堂文集》卷一六《秦三十六郡考》）。所谓"孔子衣镜"背后这篇铭文，很短，也很简洁，个人独立撰述，并不困难。相比之下，司马迁撰写《史记》，乃是一项庞大无比的工程，因袭裁剪、编纂旧文，自是其普遍的撰著形式，此即《史记·太史公自序》"所谓述故事，整齐其世传"以及"协六经异传，整齐百家杂语"者是也。在我们考察究竟谁袭用谁的可能性更大这一问题时，这应该是一个基本的立脚点。

如上所述，刘贺究竟读过还是没有读过《史记》，并不仅仅是他是否喜欢读书和他究竟喜欢读哪些书这样的"个人隐私"问题，这关系到《太史公书》早期的流布过程，关系到《史记》文本的传承和变迁，是一个《史记》研究中很重要，也很基本的问题。我想，只有审慎对待刘贺墓中出土的相关文字，而不是简单地把它拿将过来，用以"颠覆"传世文献记载的情况，才能保证我们更好地利用《史记》，更加深入地展开我们的学术研究。

上面讲述的这些内容，前边很大一部分，我曾经写入《令人狐疑的〈史记〉》一文（收入拙作《翻书说故事》），想进一步了解敝人看法的朋友，可以参看。

三 《论语》文本的流传经过与《齐论·知道》的价值

在刘贺墓出土的众多简牍之中，《论语·知道》这一佚篇残简的发现，最为引人瞩目。也正因为这是一个十分吸引人的"热点"，考古工作者特地很早就向社会公布了这一消息。消息披露之后，一时间欢声四起，一片沸腾，甚至将其誉为整个中国学术界乃至世界学术范围内非常重大的发现。

其学术价值究竟重大在哪里，欢腾的人们无暇具体说明；或者说在这些人看来，这是不言自明的事情，根本无须解说。为什么呢？因为如上所述，人们认为这是一个佚篇，是当今所见传世文本中早已佚失的一篇。孔老夫子《论语》当中的一篇，失而复得，其价值之大，怎么想都不为过。

如果我们仅仅把它看作和铜鼎瓷盘一样的古物，或者更清楚地说，把它看作与铜鼎瓷盘一样的收藏家的宝物，那通常似乎不用再说什么废话：古的就是好的，有名的古物就是宝物。但我们现在面对的是一篇中国古代儒家创始人孔夫子留下的经典，这是一篇文字著述，而评价古代文字著述的价值，往往要比对古器物的评价复杂得多，也困难得多。沉埋在地下的那些久已失传了的古代文献，有些东西今天看起来好像很重要，实际上在当时却是因其缺乏足够的价值或是不合时宜而必然被历史淘汰掉的；也就是说，当时的人们是把它看作废物的。

具体就刘贺墓室出土《论语》文本的价值，特别是《齐论·知道》的价值而言，我们也要和上面谈过的《史记》一样，首先把它放到西汉时期《论语》文本流传状况的大背景中去审度。

西汉中期以后，社会上通行的《论语》文本，其渊源分别属于所谓《鲁论》《齐论》和《古论》三大系统。顾名思义，随意联想，人们很自然地会想到，《鲁论》是春秋战国鲁国故地传习下来的《论语》，《齐论》则是齐国旧地传习下来的《论语》。核诸史实，可以说这样的想法是对的。可是，这《鲁论》和《齐论》是直接从战国时期传留下来的文本吗？这可不大好说。

孔门弟子传述孔夫子的言语，并没有实时编录成书，或是凝结形成单一固定的篇章书名，而我们若是看看先秦典籍的一般状况就会明白，其中很大一部分著述都是西汉以后才写成一个固定的文本，即所谓"著于竹帛"。这就意味着孔门弟子所传先师的"语录"即使早有传本，估计也会与今传《论语》的文本有较大的差别，况且《论衡·正说》还清楚记载，这样的传本统统至"汉兴失亡"。

事实上直到汉武帝时期以前，诸如陆贾《新语》、贾谊《新书》和韩婴《韩诗外传》等书，在引述孔子的言论时，往往都只称"孔子曰"或"传曰"，却不提《论语》之名，而且其中有很多内容是不见于今本《论语》的。这显示出当时好像还没有"论语"这个书名，世间似乎也没有与今本《论语》类同的文本流传。

不过在武帝之前的汉文帝时，"汉兴失亡"的孔子"语录"，重现于世，即如刘歆《移书让太常博士》所述，当时"天下众书往往颇出，皆诸子传说，犹广立于学官，为置博士"。由此可知，上面提到的陆贾、贾谊等人称述的孔子言论，即属此等"诸子传说"的一部分。

在这样的情况下，所谓《古论》忽地现身于世——在景帝、武帝之间，这部被秘藏在孔府宅第夹壁墙里的用战国文字写成的古写本《论语》被人发现了。这也就是所谓《古论》，亦称《古文论语》。

这次得到的孔子"语录"共二十一篇，基本上就是今本《论语》二十篇的内容。只是当时的文本，是把今本第二十篇《尧曰》的后半部分另分为一篇，或题作《子张问》（因前面有《子张》一篇，所以人们又称其中含有两篇《子张》）。当时，西汉社会上似乎并没有与这种《古论》内容基本相当的孔子"语录"文本流传。因为按照《论衡·正说》的说法，昭帝时"始读"此二十一篇古本，但直到汉宣帝时，所谓"太常博士"尚且宣称其书"难晓"。这种情况表明，在此之前，并没有篇幅、内容与之相当的汉隶文本，不然的话，以"今本"与"古本"相互参照，所谓《古论》应该是很容易被释读出来的。

根据西汉末年人刘向的说法，所谓《鲁论》和《齐论》是在西汉武帝以后，特别是昭、宣二帝时期以后，才在社会上被

百衲本《二十四史》影印所谓宋景祐本《汉书》之《艺文志》

人传习（见何晏《论语集解》之叙文）。特别值得注意的是，"论语"这一书名，也是随着这种孔宅古本的流行而确定的。这就提示我们，武帝以后才清楚传习情况的《鲁论》和《齐论》，是不是有可能出自所谓《古论》呢？

对比《古论》《鲁论》和《齐论》的篇章构成，三者实际大体相同，其差别多属所谓"章句繁省"以及篇第次序之不同。这显示出《鲁论》和《齐论》确实很有可能是从《古论》脱胎而出。日本学者武内义雄就认为，《鲁论》和《齐论》应是基于《古论》的两种不同"今文"传本。

当然《齐论》同《古论》《鲁论》相比，还有一项比较显著的差别，这就是《齐论》共由二十二篇组成，这多出来的两篇，一篇就是这次在刘贺墓里发现的《知道》，另一篇题作《问王》。

从表面上看，《齐论》似乎另有渊源，对此也能做出另外的解释：根据上述源流关系，我们可以把《知道》和《问王》这两篇看作《古论》传入齐地以后当地学者根据其他材料和途径新增入的篇章。

通观今本《论语》传布的经历，在很大程度上是可以印证这一点的。传世文本《论语》亦即今本《论语》的骨干，出自《鲁论》，而成帝时人张禹，是今本《论语》形成过程中最关键的人物。据《汉书》本传和何晏《论语集解》的叙文等处记载，张禹本来是师从夏侯建学习《鲁论》的，但后来又转而师从王阳、庸生学习了《齐论》，因而能以《鲁论》为主而折中二本，编成定本。由于张禹曾获侯位，世人或称此本为《张侯鲁论》或《张侯论》。至东汉末，一代大儒郑玄又参考《齐论》和《古论》，给这种《张侯论》做了注释。

在这过程中，张禹和郑玄等人，对《齐论》中的《知道》《问王》二篇，都宛如视而不见；《隋书·经籍志》更明确称，张禹在编定新本的过程中，乃是"删其烦惑"，这才"除去《齐论》'问王''知道'二篇"。这说明在张禹和郑玄的眼中，这两篇的来源或者价值一定存在相当严重的问题。

这样的历史背景，就是我在考察刘贺墓中发现的《齐论·知道》残简时所要明确的一般前提和需要坚守的基本立足点。正是基于这样的认识，我认为，不宜对刘贺墓室出土的《齐论·知道》抱有过高的期望并给予它超越历史实际的评价。

其实若是能够开拓视野，在历史大背景下审视这位废皇帝究竟读到的是怎样一种《论语》的文本，我们似乎应该更加关注刘贺墓室出土《论语》的整体情况，而不是仅仅关注《知道》这个佚篇。

刘贺在昌邑国时的王国中尉王吉，字子阳，也可以略称为王阳，乃特别"以《诗》《论语》教授"（《汉书·王吉传》）。了解到这一点，自然会明白，在他的主子刘贺的墓室中发现《论语》，是再自然不过的事情。更为重要的是，《汉书·艺文志》记载这位王吉本以传授《齐论》知名于当世，史称"传《齐论》者，……唯王阳名家"，也就是独一无二的《齐论》权威，所以当年他向昌邑王刘贺"教授"的《论语》，自然就是

《齐论》；在刘贺墓中发现《齐论》也就更是理所当然的事情。

在这种情况下，我们应当予以充分关注的，不仅是久已失传的《知道》这一篇章重现于世的问题，更重要的是在刘贺墓中若是还有《齐论》其他部分的残简，将会对清晰、准确地认识《齐论》的面目，具有非同寻常的重大意义。

联系前面讲述的《论语》传世文本的衍化过程，进一步推究，还可以看到，其意义之重大，不仅在文本来源的权威性上，也在于可以借此深入了解《论语》文本衍变过程中对《齐论》取舍的一些具体情况。

前面提到的张禹所学的《齐论》既然在很大程度上也是出自唯一以此学名家的王吉，昌邑王刘贺受学于王吉而写下的这部《论语》，应与张禹从王吉那里学到的《齐论》极为接近。这也就意味着刘贺墓室出土的《齐论》写本，应与张禹编定《论语》时所依据的《齐论》近乎一致——其文献学价值之大，也就不言自明了。

这样我们也就很容易理解，在今后的清理过程中，若是在《知道》和《问王》这两个《齐论》独有而又久已佚失的篇章以外，还可以发现其他一些《齐论》内容的话，实际上对我们认识《齐论》，认识《齐论》和《鲁论》的传承渊源以及这两个系统的文本与《古论》的关系，认识张禹、郑玄以后流传至今的《论语》文本，或许会有更为深刻，也更富有学术内涵的意义。相比之下，单单《知道》这一篇残简的发现，主要是可供我们了解《齐论》这一部分来源和内容的独特性，以及张禹、郑玄等人为什么对其弃而不用。总的来说，其史料价值相当有限，意义也颇为浅显。

这样的认识，我在考古学家把相关讯息披露不久，就于 2016 年 9 月将其写入了《怎样认识海昏侯墓所出疑似〈齐论·知道〉简的学术价值》(后收入敝人文集《书外话》) 一文当中，后来在《海昏侯刘贺的墓室里为什么会有〈齐论·知道〉以及这一〈齐论〉写本的文献学意义》(文章收入拙著《海昏侯新论》) 那篇文章中又基于同样的立场进一步阐述了自己的认识。感兴趣的朋友，可以通过这两篇文稿更为全面地了解我的看法。

上面就是我看历史大潮中的废皇帝刘贺以及他读过的那些书所得出的一些粗浅看法。今天在这里和大家做交流，重要的并不是讲述我的具体结论，而是认识史事的角度和方法。像历史学这样的人文研究，个性化的特点很强，往往一个人有一个人的喜好，一个人有一个人的做法。上面讲的，只是我的喜好和我的做法，不一定具有普遍的意义，只是供各位了解我的研究，同时也给大家提供一点儿方法论上的参考而已。

2019 年 10 月 19 日下午
讲说于福州鹿森书店万象里店

强国之君的亡国之臣

　　在北京，逛书市，这曾经是让骄傲的上海人也艳羡不已的旧事。说它是旧事，是现在已经很难再觅踪影。其最兴盛的时期，是上世纪 90 年代。书市有不只一个场所，不只一种形式，其精华和核心，则是琉璃厂中国书店的古籍书市。

　　虽说盛况不再，但凡事都有个例外。海淀的中国书店，就每年还都要搞上那么一两次书市。今天，它又开办了。论规模，当然远不能与当年的琉璃厂古籍书市相比，但毕竟有胜于无，在书肆上逐册翻阅拣选书籍的感觉，只有嗜书的瘾君子心里明白。

　　看是看，但我确实不会像年轻时那样疯狂买书了。书价上涨，是一项原因，更主要的是，知道自己老了，书是看不过来了。挑挑拣拣，选了两种书。

　　一种是钱大昕的《唐石经考异》，这是一部未刊的书稿，民国时商务印书馆据抄本印入《涵芬楼秘笈》。

　　钱大昕一生的主要功力，用在史学著述，然而大家全才，

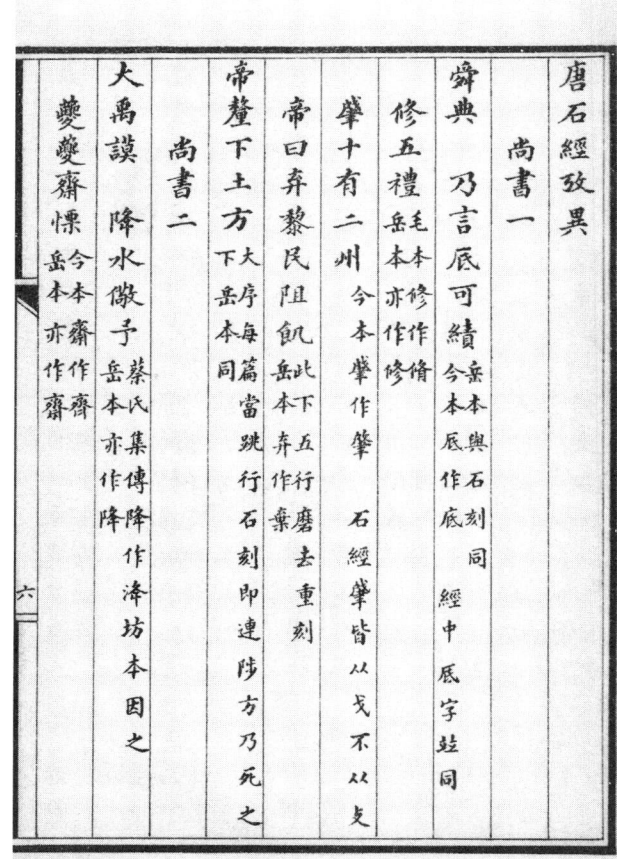

《涵芬楼秘笈》影印《唐石经考异》抄本

且"六经"皆史，不谙经书亦无以治史，其经学、小学造诣实亦殊深。如所撰《说文答问》，一一举述经书所出《说文》之字加以疏释，经学、小学浑然一体，所谓高手佳作，诚是之谓也。

不过我自己却是学无根底，对经学几乎一无所知，买这书，还与前此不久反对西安碑林拟议迁移唐《开成石经》有关。

《开成石经》刊成未久，雕版印刷即普及于世，赵宋以后，国子监印本取代了《熹平石经》以来官府石经的标准模板地位，加之石经所在的关中地区偏离于全国政治、经济和文化中心区域很远，此《开成石经》便一直为学人所忽略。直至清代初年顾炎武始留意于此，但误识拓本，导致他未能充分认识《开成石经》的文本价值。

真正准确认识《开成石经》巨大文本价值并与传世印本做出系统校勘的学者，就是钱大昕。这部《唐石经考异》便是他的校勘成果，书中且有臧庸、顾广圻、瞿中溶诸人笺校，自是我们今天利用《开成石经》不可或缺的基础。其书虽今已排印到《嘉定钱大昕全集》之中，但对于从事文本校勘的人来说，还是读此影印书稿更为惬意，尤其是臧庸、顾广圻、瞿中溶诸人笺校于书中的那些内容。

前不久，国家文物局为《开成石经》碑石之迁与不迁的问题，开会征求意见，我被作为"反方"代表邀约出席。会上当然实话实说，直截了当地表明了自己反对碑石搬迁的态度。后

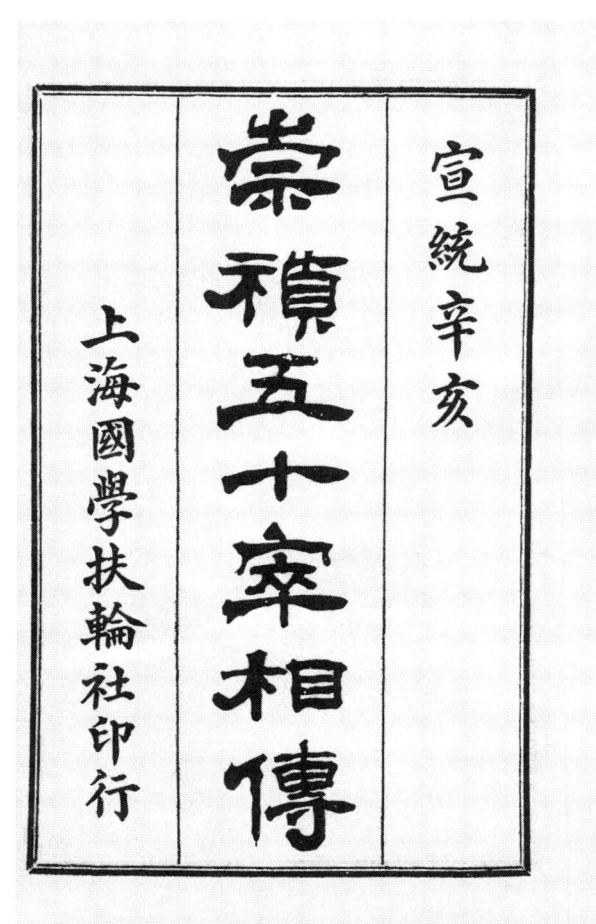

宣统三年（1911）上海国学扶轮社铅印本《崇祯五十宰相传》内封面

来有关人员私下采集舆情，我再一次申明了自己的主张。既然已经稀里糊涂地成了一个调皮捣蛋的代表人物，现在遇到了这部书，就把它收下，日后得暇时适当做一些功课，也能对经书文本的演变多有一些具体的了解。

另一种是曹溶在清代初年撰著的《崇祯五十宰相传》。书仅一册，洋纸铅印，样貌平平常常，我对它却很感兴趣。

这部书，以前在公家的图书馆里翻看过，但在书肆上却是第一次遇到。

作者曹溶，由仕明而宦清，在两朝还都做到了"高干"，算是一个标准的"贰臣"。书中题署"倦圃老人重订"，盖作者乃先有初稿，此为最终修定之本。

我对这书感兴趣，首先是因为书名好玩儿。按照朝廷正式的制度，明朝实际上没有"宰相"这个官职，这是专制制度走向极端化的一个重要标志。所谓"宰相"，是沿用旧日习惯，对内阁大学士的俗称。明朝"入阁办事"的内阁大学士通常都不只一位两位，但崇祯皇帝在不到十七年间竟然先后任用了五十位内阁大学士，这数量实在是有些多了。尽管明代的内阁大学士与秦汉以来的宰相，权位已经有很大差别，但毕竟是皇帝之下朝廷中最核心的官位，人不能太多，更不能三天两头地换。从实际结果看，这走马灯般轮换的所谓"宰相"，最重要的贡献，就是帮着崇祯葬送掉了大明的江山社稷。

按照老话讲，一个王朝行将就木，是因为王气尽了，而气数之尽，是由于天运转移，天意不再眷顾朱家儿孙。这是谁

宰相列傳

余既序相臣年表之義紀時不紀事也雖出處之次第固система而進退
之始末未顯恐無以槩生平以示後世于是考之國史參之見聞略舉其
大端著為列傳分為六則而系之以臆斷焉

列傳一　韓爌　孫承宗　李標　周道登　錢龍錫　劉鴻訓
　　　　何如寵　錢士升　文震孟　張至發　賀逢聖　范景文

韓爌蒲州籍泰州人壬辰進士以庶吉士官禮部侍郎庚申陞尚書入東閣
至經筵累進左柱國少師兼太子太師孤介腰直清修無私當紅丸議起
禮部尚書孫慎行以包藏禍心參舊輔方從哲爌以耳目聞見深明其不
然既秉正以嫉邪又不為黨同伐異時論趣之甲子六月副都御史楊漣
參魏忠賢二十四大罪朝臣羣起攻擊忠賢懼懇爌曰非公不能輯衆幸
留意爌曰我不能也擊自爾作爾自解之忠賢怒既得志謀逐爌假以票

《崇禎五十宰相传》内文

122

也无可奈何的，你就是想帮它，也帮不上什么；换五十个宰相不行，换一百个宰相也不行。不过天意毕竟是通过人事来体现的，宰相是司掌朝政运作的关键人物，因而这五十位宰相的轮换经历，在很大意义上也就是天亡大明的过程。手头置备一本，闲来无事，随便翻翻，看看这些宰相们在一个走向灭亡的朝廷里究竟做了些什么，又经历了哪些祸福，实在是一件挺好玩的事儿。

这部书在清廷纂修《四库全书》时仅仅被列入"存目"。与收录在《四库全书》中的著述相比，明显低了一格。不过四库馆臣也没有说它到底有什么不够格的，还评价说"所载行事，与《明史》详略相参，亦可互资考证焉"（《四库全书总目》卷六三），好像还是觉得它挺有价值的。

没被列入《四库全书》，后来很长一段时间内也没有人把它刊刻行世，只是有少量抄本，在一些喜好明末史事的人中间流传。光绪年间，广东顺德龙氏编刻《知服斋丛书》，列入此书，这才有了《崇祯五十宰相传》的第一个刻本。

《知服斋丛书》本《崇祯五十宰相传》，除了曹溶重订定本之外，还附刻了残存下来的初修弃稿。比较二者，可以看到曹氏订定此书时的取舍。不过丛书部头大，学者置备不易，零本又不易得，想看曹氏之书，还是不那么容易。当代学者印制《四库全书存目丛书》，以南京图书馆丁丙旧藏海盐张氏研古楼抄本收入其中，但丛书的部帙愈加宏大异常，拥有其书，更是普通学人连想都不敢想的事情。

除此之外，就在清朝灭亡的宣统三年，张均衡以"上海国学扶轮社"的名义，铅字排印了一部《张氏适园丛书》，又称《张氏适园丛书初集》（与张氏后来在民国时刻印的《适园丛书》不是一回事），也把此书收入其中，底本就是《四库全书存目丛书》影印的那部丁丙旧藏抄本。于是，这部《崇祯五十宰相传》又有了一部铅字排印本——就是我今天买到的这个本子。

不知是不是与当年十月清朝覆灭的时局动荡有关，通行的《张氏适园丛书》，并没有包括此书（如《中国丛书综录》及《中国丛书综录补正》都是这样），很可能这本《崇祯五十宰相传》印成较晚，正值辛亥革命天翻地覆之际，以致其流传鲜少，未能收入通行的《张氏适园丛书》。换句话说，这个本子虽然是作为《张氏适园丛书》中的一种而排版印行的，但实际上却未能汇入丛书，只是有少量印本以单行本的形式流传于世。这样看起来，它还算得上是一个稍微有些稀见的版本，并不仅仅是一个普通的读本而已，尽管只是部其貌不扬的铅印本。

读这本《崇祯五十宰相传》，很自然地会想到崇祯皇帝对当政大臣讲的那句传世名言："朕非亡国之君，诸臣皆亡国之臣！"本书作者曹溶，在卷首的序文里也引述了这句话，且谓"帝不专为相臣言也，而以言相臣，岂有辞焉"。历史的真相，真的该这样解说吗？明末的历史固然错综复杂，但若一定要追究亡国覆社的罪魁祸首，当然只能是暴戾的崇祯皇帝，而不能诿过于执政的大臣。专制集权的统治，统治者在掌握无限权力的同时，自然也要承担全部的责任。从表面上看，崇祯皇帝似乎像是一位励精图治的强国君主，但真正堪称强国的皇帝，是绝不可能擢拔任用那么一大批亡国之臣的。

2018 年 9 月 15 日夜

孔家有女

这两天放假了。放假就是停止工作，休息，愚氓与皇天同乐。

不知是人呆才读书，还是读书时间一长就把人读呆了，放假，也还是只能读书。稍有不同的，就是放下"用功"的需求，只是为了读书而读书，随便翻看一下平时顾不上看的闲书，啥好玩儿看啥。

说随便翻书看，其实"随便"二字，不是随便谁都能说的。自己比较自满的是，房子里书多，除了反动书刊，差不多要啥有啥。先得有书，才能任性"随便"翻书。

今天在书架上抽出看的，是一部孔夫子家的家谱，是由七十二代孙孔宪璜在道光二十七年（1847）所修，当然也就是在当时付梓刊刻，而孔宪璜本人隶属于孔氏敦本堂一支。

虽说家谱乍看上去好像千篇一律，但实际上不仅一家人有一家的基因，血液是混不了的，内容自有差别，就是在形式上，各家之间往往也并不完全相同，有时差别还会挺大。

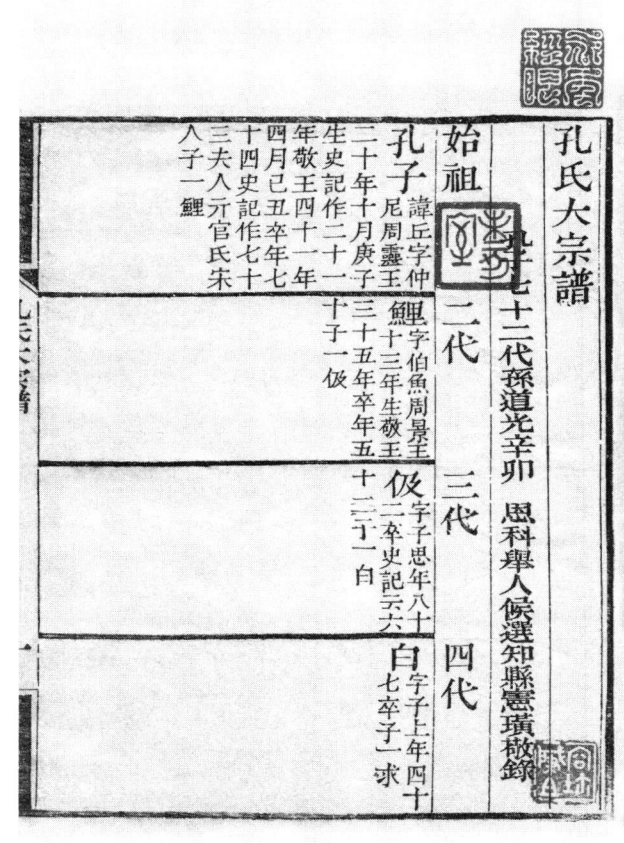

清道光刻本《孔氏大宗谱》

作者孔宪璜所属敦本堂一支的谱系

《孔氏大宗谱》内文一页

这部孔家家谱，内容主要分大宗、小宗两部分，形式则是很简略的世系表格。所谓"大宗"，就是累世相续继承朝廷头衔封号的那一条主脉，"小宗"是相对于这条主脉旁出的支系。大宗部分，名作《孔氏大宗谱》，从始祖孔夫子开始，到其第七十五代后人孔祥玑止。小宗部分，则是分别载录各个分支晚近以来的世系。

利用家谱研究历史，在当代也算是很"预流"的学问，但我对时尚一向不敢预闻，不会凑热闹去买别人家的家谱看。当年在旧书店里买下这书，只是因为这是孔家的谱录。

现在很多人都觉得赵家人牛，其实生在赵家远不如孔家。

不管是咸阳城里那个赵家，还是运河边或西湖畔那个赵家，说牛很牛，可是前有陈胜、吴广，后有宋江、方腊，一到时候，总会有好汉揭竿而起，天下响应风从。说完也就完了，真的没有铁打的江山。孔家就不一样，他们家这个素王的地位，是万世一系，永传不息的。我买它，就是好奇这个家族造人繁衍的过程。

　　看了看，也没看出什么特别的意思，唯一引起我注意的，是这部谱书中对家族中女性的记述。

　　小时候经历"批林批孔"，印象很深的是孔夫子重男轻女，说什么"唯女子与小人为难养也"，去日本的时候，一看到墙上有"小人"的标志，总是条件反射式地联想到"女子"，弄得自己也哭笑不得。

　　以前偶然也翻阅过一些明清的家谱，模糊的印象是，在很多家谱中，一代代都是有儿无女，并不载录女性族人。想不到这部夫子后人编录的族谱，在时代久远之后，却不再管女子好养还是难养，从第六十五代孙孔衍植起，就把每一家生的女儿，像儿子一样，一一加载谱中，出嫁的，还要写清嫁到哪里去了。这位孔衍植生于明万历二十年（1592），卒于清顺治四年（1647）。说明从清代初年起，孔

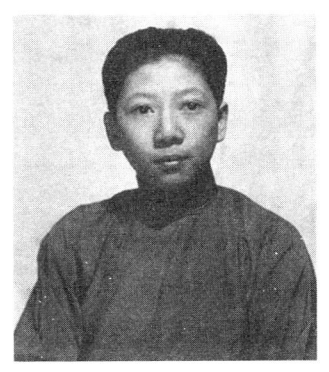

女中豪杰孔二小姐

府对男女的态度发生了重大变化，开始把女性家族成员像男性一样逐个加以著录，这样在孔宪璜纂修家谱时才会有系统的资料可以依据。

我们看到，后来孔家出了很多厉害的女性。像民国有名的孔二小姐，就是声名远播的。不仅英语讲得杠杠的，还常穿男装。树有本，水有源，什么都不是偶然的。孔二小姐这一身豪气，跟孔宪璜这本族谱体现出来的孔门家风，一定是密不可分的。

2018 年 10 月 2 日晨记

中兴与更生

假日里休息，身子闲下来，脑子却还是歇不下来。不由得由所谓"建国"，想到"建元"，又想到自己过去写的《建元与改元》。在这本小书里，附带谈到过一个问题，我很有些浅薄的得意，可读者却几乎无人理会。

我写历史研究的著述，很在意表述研究的过程。一方面，只有这样，才能清楚、全面地阐释我的认识；另一方面，研究过程中触及的许多具体问题，往往会很有意思，有时甚至会比全文论述的主题更有意思一些。我知道很多人不喜欢，觉得我太啰唆，太枝蔓，但我觉得这些读者中至少有一部分人，他们的体会和我本人认识的差别，或许是一种人生情趣的差别。就我自己的感觉而言，生命是一个过程，生命的美好和意义在于体味这一过程，而不是急于接受这一过程的结果。写文章，读文章，也是这样，最好的感觉，是在它的过程之中，而不是最后一页最后一句话所表述的结论。只要想一想这样看侦探小说会有多煞风景，就会更容易理解我想表述的意思。

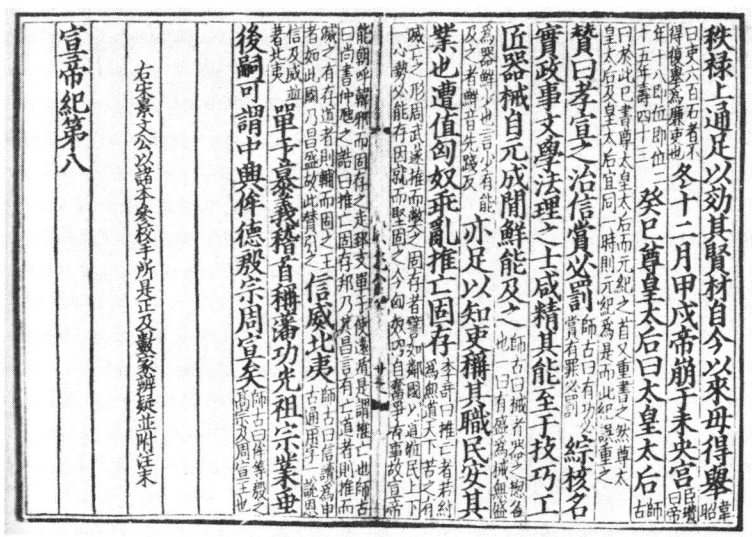

日本朋友书店影印宋庆元本《汉书》

　　谁也无法消弭人和人的差别，我的感觉和想法更未必比别人的好，只是闲来不做正事，想起来就憋不住，于是在这里把它单抄出来，再做一些补充和发挥，但愿感兴趣的朋友能够适当关注一下。

　　事情看起来似乎很简单。让我们从班固在《汉书·宣帝纪》篇末所写的如下这几句赞语谈起：

　　　　功光祖宗，业垂后嗣，可谓中兴，侔德殷宗、周宣矣。

这是讲汉宣帝的功德，足以与殷商高宗武丁和西周宣王媲美，后世也就因为班固讲过的这几句话，称誉汉宣帝为中兴圣主。

这里的"中兴"的"中"字，现在一些通行的辞书，如《辞海》《汉语大词典》之类，都是把它读作平声，如中间之"中"（zhōng）。这样，便解释所谓"中兴"的语义为"中途振兴"，还由此再引申出其他一些似是而非的衍生词义。在我看来，这样的解释，实际并不确切。

《诗·大雅·烝民》的诗序有句云："美宣王也，任贤使能，周室中兴焉。"唐人陆德明注云这一"中"字的读音为"张仲反"（唐陆德明《经典释文》卷七《毛诗音义》下），也就是用"张"字的声母 zh 和"仲"字的韵母及其声调 òng 相拼，从而可知"中兴"的"中"字本应读作"仲"（zhòng）。

实际上以"中"通"仲"是秦汉以前一种通行的用法，而所谓"中兴"（仲兴）也就是"再兴"或"重兴"的意思。明万历时人郑明选就专门考辨过此事（郑明选《郑侯升集》卷三六"中兴"），清代初年人黄生则做有更为深入的论证（黄生《义府》卷下"中宗"及"隶释·蜀郡太守何君阁道碑"条），后来钱大昕对此也有所论述（钱大昕《十驾斋养新录》卷四"中"条）。

东汉桓帝延熹四年上石的《西岳华山庙碑》，记述汉宣帝的庙号，是书作"仲宗"。宋人洪适以为此乃"借仲为中"（宋洪适《隶释》卷二"西岳华山庙碑"条），实际上"仲"正应该是其本字，"仲宗"意即"再兴之宗"，这正体现出汉人碑刻保存文字本来面目的重要作用。黄生在论述"中宗"的读音和

东汉延熹四年（161）《西岳华山庙碑》拓本
（据永田英正《汉代石刻集成》）

语义时，就直接针对洪适的认识，表明了自己的不同看法：

> "中兴"之"中"，旧音众，予尝正其音，为"孟仲"之"仲"。"仲"居"孟"之次，有再索之义，"中（直用切）兴"犹言再兴也。又古今帝王谥中宗者三人：殷太戊、汉宣帝、唐庐陵王是也。"中"字从来并读如字。予阅《西岳华山碑》称宣帝为"仲宗"，顿悟"中宗"亦当音直用切。盖太戊修成汤之政，商道复兴；宣帝废昏而立明，庐陵革周而为唐，皆有再兴之义，故皆号"中（直用切）宗"。汉碑作"仲"，盖直用本字，非借"仲"为"中"也。洪适《隶释》谓帝者庙号而借以他字，不恭孰甚？此习见经史皆作"中宗"，竟谓绅绎"中"字之义尔。（语见所著《义府》卷下"中宗"条）

除了汉宣帝缘何堪称再兴汉朝这一点黄生语焉不详，还需要重新加以解释之外，上面所做的论述，可谓允当至极。读到这些论述，我们今天就不应对"中兴"和"中宗"的含义再有什么不同的理解。

唯所谓"中兴"（仲兴）云者，必谓世有衰乱复得重振，此即班固本人所说："自古受命及中兴之君，必兴灭继绝，修废举逸，然后天下归仁，四方之政行焉。"（《汉书》卷一八《外戚恩泽侯表》）又司马光论人君之才有五，"中兴"列居其一，乃能"虽乱必治，虽危必安，虽已衰必复兴矣"（司马光《稽古录》卷一六《历年图》之序文）。黄生云殷太戊"修成汤之政，商道复兴"，其前提是在其继位之前，"殷道衰，诸侯或不至"（《史记》卷三《殷本纪》），至于唐庐陵王李显"革周而为唐"，当然是以武则天之以周代唐为背景。——显而易见，二者都清楚具有兴危国、继绝世的特点，这才能够称得上是"再兴之宗"。

与此相同，班固在《汉书·宣帝纪》赞语里所讲的殷高宗武丁和周宣王两人，也都是起衰振隳，在一片败坏的政治局面下重新建立起一个强盛的王朝，故亦堪称"再兴"之主。如史载在武丁之前的小辛、小乙时期，殷商衰颓，而"武丁修政行德，天下咸欢，殷道复兴"（《史记》卷三《殷本纪》）；又周宣王之立，系缘于乃父厉王暴虐侈傲，致使诸侯不朝，国人叛之，周、召二公不得不相与"共和"，辅佐宣王，结果赢得诸侯重又来朝，周室复兴（《史记》卷四《周本纪》）。若是再看看后来宋高宗之"中兴"大宋，那就更容易明白这一点了：没有这个看起来似乎庸劣无能的家伙，赵氏一家人早就彻底完蛋了。

那么，相比之下，汉宣帝"再兴"大汉的功绩又在哪里呢？或者说被它"再兴"之前的汉室又是处在怎样一种衰败的情况下呢？在汉宣帝亲政之前，一直是霍光专擅朝政，而班固又称颂霍光为"匡国家，安社稷"的良臣（《汉书》卷六八《霍光传》），因此，从逻辑上讲，似乎只能是直接针对汉武帝一朝的衰败局面才能有"再兴"可言了。这样一想，好像对我《制造汉武帝》的观点很有利了，即汉武帝至死未尝有过悔罪改过的事情，其暴政弊行，终生一以贯之，而且霍光也承而未改，逮汉宣帝登基亲政，才得以改弦易辙，使汉朝免于危殆。

然而事实并不是这样。我在《制造汉武帝》一书中已经具体阐述，元帝以后，汉廷的治国路线，才由"尚功"转为"守文"，宣帝时期，其治国施政的理念，基本上还是与汉武帝及霍光时期一脉相承，并没有什么根本性的改变。

在这种情况下，汉宣帝"中宗"这一庙号到底是缘何而得的呢？黄生所说"废昏而立明"，显然并不对头。因为这句话只能是指废黜刘贺而改立宣帝，可这是霍光而不是宣帝做的事情，宣帝做的是"封昏"而不是"废昏"（即册封废帝刘贺为海昏侯）。除此之外，更找不到别的解释。因此，班固所说宣帝"中兴"汉室的功业，只能是针对霍光专擅朝政而来。盖霍光操纵昭帝如傀儡，权势之强，以致宣帝在霍光在世时也只能老老实实地听任他的摆布。这样，不管国政运作情况如何，站在西汉皇室的立场上来说，权位已经等同转移于异姓。在这一局面之下，宣帝在霍光死后，成功清除霍家势力，把权柄重掌于手中，就是实实在在地重兴了汉家的朝廷，不是"中兴"，又是什么呢？

总而言之，汉宣帝的"中宗"庙号，是得自他为汉高祖的子孙从霍家手里夺回了权柄，其实质意义和后来"庐陵革周而为唐"是完全一致的，并不是基于所谓武帝或是昭帝的什么败行弊政来"修废举逸"而令朝野上下焕然一新。

在汉代，还有一个词汇，和"中兴"的意思颇有相通之

下集矣即四海之内皆歡然各自安樂其處惟恐有
變雖有狡害之民無離上之心則不軌之臣無以飾
其智而暴亂之奸弭矣二世不行此術而重以無道
壞宗廟與民更始作阿房之宮繁刑嚴誅吏治刻深
賞罰不當賦斂無度天下多事吏不能紀百姓困窮
而主不收郵然後奸僞並起而上下相遁蒙罪者衆
刑僇相望於道而天下苦之自群卿以下至于眾庶
人懷自危之心親處窮苦之實咸不安其位故易動
也是以陳涉不用湯武之賢不藉公侯之尊奮臂於

明末钱震泷评阅本贾谊《新书·过秦论》

处。这个词汇，是"更始"。简单地说，"更始"即谓"重新开始"，若是进一步细分，其具体的用法，似乎可以分作两层语义。

其中的一层，比较具体，是指从善自新，以更好地为人做事。如汉吴王刘濞，骄纵不恭，称病拒不入朝，其使者奏对汉文帝曰："今王始诈病，及觉，见责急，愈益闭，恐上诛之，计乃无聊。唯上弃之而与更始。"（《史记》卷一〇六《吴王濞列传》）这里所说对吴王刘濞既往不咎，给他一个"更始"的机会，即如令其重新做人。又汉文帝在匈奴与汉廷连年征战不休的情况下，"使使遗匈奴书，单于亦使当户报谢，复言和亲事"，匈奴单于于来书中讲道："二国已和亲，两主欢说，寝兵休卒养马，世世昌乐，阗然更始。"这里所说"更始"，也是以兴兵纵马的厮杀为前情，故汉文帝欣然报书云："朕甚嘉之。圣人者日新，改作更始，使老者得息，幼者得长，各保其首领而终其天年。朕与单于俱由此道，顺天恤民，世世相传，施之无穷，天下莫不咸便。"（《史记》卷一一〇《匈奴列传》）显而易见，其"更始"云者，也就是汉、匈双方一改旧日所为，止戈休兵，和平共处，展开两国关系的全新篇章。

"更始"的另一层语义则比较抽象，其义大致和现在常说的"重出发""再起步"相当，是指以一个比以前更好的状态或是面貌继续前行，只是与时俱进、除旧布新，并不带有断然否定过去的意味。例如，汉武帝在登封泰山之后，下诏云："自新，嘉与士大夫更始。"（《史记》卷二八《封禅书》）用的

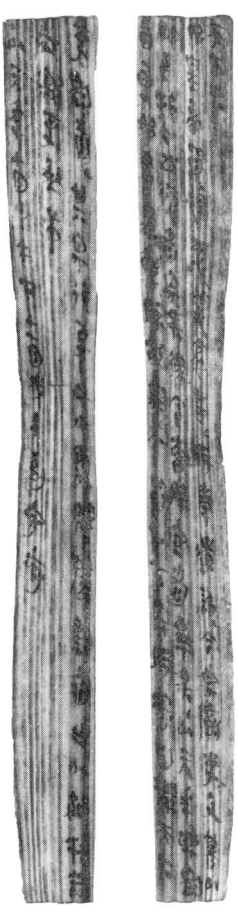

湖南益阳兔子山遗址出土
秦二世皇帝胡亥写有"与黔首更始"文句的诏书
（据湖南省文物考古研究所、益阳市文物处
《湖南益阳兔子山遗址九号井发掘简报》，
刊《文物》2016年第5期）

就是这一层语义。汉代以及后来很多帝王，在登基、改元或由于其他原因大赦天下的时候，往往都会像这样在诏书中宣示"与民更始"（如《汉书》卷六《武帝纪》记元朔元年三月立卫皇后时事）。当然这只是统治者一厢情愿的想法。嬴秦亡国之后，贾谊论述其覆灭的原因，谓秦二世"与民更始，作阿房宫，繁刑严诛，吏治刻深，赏罚不当，赋敛无度"（贾谊《过秦论》），就直截了当地指出了昏君乱主"与民更始"的另一番面目。

准确认识词语，掌握词语，这在现实生活中是很重要的事情；特别是有些人喜欢掉书袋，堆砌词藻，借用典故，对此更要高度重视。你若是想写一篇赞颂当前改革大业的骈文，想用"更始"展望国家日新月异的面貌，就只能援用汉武帝封禅的典故，而不宜举述汉文帝同匈奴单于相与合欢的往事，当然更不能讲吴王刘濞那个倒霉蛋的事儿，尤其不能提秦二世的"更始"做法和西汉末刘玄用过的那个"更始将军"的名号和"更始"年号（《后汉书》卷一一《刘玄传》）。因为刘玄用的这个"更始"，显然是针对王莽的新朝而要重建大汉辉煌的意思。要是稀里糊涂地用了，后果当然会很严重。

和"更始"相类似的，还有"更生"一词。"更生"就是"再生""重生"，是身处死地而重获新生，不像"更始"，还有上面所说那一层比较抽象的"重出发""再起步"的语义，万万不能把它当作"振兴"的同义词来用。

譬如当年中国共产党人在延安提出"自力更生"的口号，

是讲要依靠自己的力量从陕甘宁边区的困境中获取新生。这是"更生"一词非常典型的现代用例，用得很贴切，用得好。

又清朝嘉庆皇帝一上台就宣布要集思广益，以改革朝廷种种弊端，因而令大臣们"各抒诚悃，据实敷陈，佐朕不逮"（清官修《仁宗睿皇帝实录》卷三七嘉庆四年正月壬戌）。孰知书呆子洪亮吉没明白这只是整治和珅的由头和信号，竟拿它当改良朝政的真事儿而上书直陈自己的意见，结果当即被判了个"大不敬"的顶级重罪，依法治国，立决斩首。虽然嘉庆帝明白他只是个书生，免其一死，但被发配伊犁充军，随时还面临着被就地正法的危险（清钱仪吉《碑传集》卷五一《翰詹》下之下赵怀玉撰《奉直大夫翰林院编修洪君亮吉墓志铭》，又同卷谢阶树撰《洪稚存先生传》、恽敬撰《前翰林院编修洪君遗事述》。洪亮吉《遣戍伊犁日记》并所附《出塞纪闻》）。九死一生回到常州老家后，洪亮吉便自名斋号曰"更生斋"，并自号"更生居士"，所编诗文集亦以《更生斋集》名之。这一实例，尤可证所谓"更生"云者，其自古以来的用法，就是死地重生的意思。

2018 年 10 月 3 日记

144

从《制造汉武帝》到《海昏侯刘贺》

——我所认识的宫廷政治与帝王形象

很高兴在这里和各位见面，谈谈我的两本小书，这就是在三联书店出版的《制造汉武帝》和《海昏侯刘贺》。《海昏侯刘贺》是在前年（2016）秋天出版的，去年（2017）又印了两次，前后三次总共印刷了35000册。《制造汉武帝》初版于2015年10月，2016年5月印刷了第二次，两次共印行了11000册。到目前止，这些印本都已销售得差不多了。现在大家看到的《制造汉武帝》，是这两天刚刚印出的增订本，这个新版本，又印了10000册。

这是两本很严肃的学术著作，能够在这么短的时间内发行这么大的数量，是我意料之外的。这首先要感谢众多关注我的研究、支持我的研究的朋友，我要向这些朋友致以真挚的谢意。

各位朋友给我的支持，并不仅仅是书很快卖出去了，出版社也就有条件帮助我再出版新的著述，我觉得更主要的是，朋友们认可了我真心做学问、认真做学问的态度和实事求是的研

《海昏侯刘贺》与《制造汉武帝》的初版本暨增订本

究方法。在今天的学术环境下，坚持踏踏实实地做学问，真的不是一件很容易的事儿。正是各位读者朋友的热心支持，给我以信心和力量，一直坚持走了过来，并且继续把这条路走下去。

单纯就《制造汉武帝》和《海昏侯刘贺》这两本书来说，许多朋友喜欢它，我想还与它的内容具有很大关系，因为这两本书，都涉及古代一些著名帝王的政治形象，涉及这些帝王政治形象背后波涛汹涌的宫廷政治斗争。这些宫廷政治斗争充满戏剧性的冲突，而且比现在的作家们闭门编造的历史剧要更加精彩。身处政治斗争核心的一个个帝王，也就犹如出演"宫斗"大戏的主角。这样的内容，人们当然会很喜欢看。

现在有许多很"专业"的历史学者，一谈到有很多人喜闻乐见，就觉得贬低了学术的身价。在这些学者看来，以人物，特别是以帝王为核心来探讨历史问题，是浅薄、低俗而又落伍的，此等老妪能解之事，岂能有什么既高且深的"学术"内涵可言？

然而这样的认识并不符合历史学的真实面貌，至少不能反映历史学的整体状况。历史是因人而生，因人而变，因人而不断发展的。所以，一切历史问题的研究，首先应该是对人的研究。司马迁撰著《史记》，以人物列传作为这部书的主体构成部分，体现的就是对历史大潮中各种代表性人物的关怀和重视。关于这一点，过去我在《〈海昏侯刘贺〉书里书外的事儿》一文中曾经有所论述，感兴趣的朋友可以参看（收入拙著《书外话》），我就不再具体说明了。

在这里，我想先简单谈一谈自己从事中国古代历史研究的一些想法。这些想法，和我写作《制造汉武帝》和《海昏侯刘贺》这两部书都有密切的关系，所以希望各位朋友能够有所了解，以便更好地阅读和理解我这两本小书（其实也包括敝人其他一些著作），而绝不是要告诉别人应该怎样做学问或该做什么样的学问。人文学科研究的路数个性化特征十分突出，在这一点上，与自然学科乃至社会学科都有很大不同，可谓一个人有一个做法。因此，各行其是，就是它的实际状况。明白了这一情况，各位朋友也就很容易理解：我辛某人喜欢的做法，很可能是被其他很多学者嗤之以鼻的，它只适用于我本人，是没有什么普遍性意义的，大家姑妄听之可也。

我知道有很多研究中国古代历史的学者特别强调，在从事学术研究时，最重要的是要走出一条与众不同的路；至少在这些人看来，这是一位学者是否达到其所标榜"层次"或是"境界"的主要标志。而我在这两本书里论述的宫廷政治和帝王形象问题，太过老生常谈，在这一派学者看来，味同嚼蜡，根本不能体现他们超人一等的见识，无法显现他们智慧的额头之下那常人所不具备的独到眼光，不管怎么做，不管做多少，都是毫无意义的，都无法体现学术研究的进步。他们不仅不屑于跟在古往今来百千万学者的身后向前蠕动，而且理所当然地对别人做这样的工作是要嗤之以鼻的。

对历史研究的基本认识，我与这些学者是有很大不同的。对于我来说，历史研究很像是临床医学。一个尽职尽责的医生，他的基本工作和首要任务，是给患者诊断病情并提出最好的治疗方案，也就是把患者的病治好，而不是不管不顾眼前求治者的实际痛楚，只一门心思地给他琢磨个前所未有的病名，然后往 C 刊上一发，就一走了之，找一小帮同道弟兄聚在一起击掌相庆，庆贺自己的重大学术贡献。

这样的认识，就决定了我在研究历史问题时对题目不怕老（甚至因问题就摆在那里而不得不专做老问题），对招式也不嫌旧（由于这些老招式是研究历史问题不可或缺的基本手段，还不得不持续不断地努力学习），关键是要尽量深入地切近具体的问题，得出既准确又不同于以往或是比过去更加深入的认识。诸如宫廷政治和帝王形象这样的问题，看起来似乎很老、很熟，但就像中国古代历史中许多许多老旧的问题一样，教科书中言之凿凿的结论，或是被某一派学人奉作金科玉律的经典性观点，实际上大多并不可靠，还需要进一步深入探索。

在我看来，老问题并不等于就是俗问题，之所以"老"，是因它在整个学科构成中或者说是在历史学知识的总体构成中更基础、更重要，这样也就需要学者们为此付出更多的努力。王国维先生曾经讲述他的治学旨趣说："学无新旧也，无中西也，无有用无用也。凡立此名者，均不学之徒，即学焉而未尝知学者也。"（《观堂别集》卷四《国学丛刊序》）对这两句话，我很认同，觉得它发人深省。在当前中国的学术空气下，这样的认识，远比所谓"二重证据法"要重要得多。前者是切合实际的大实话，而后者更像是一种俗得不能再俗的大俗话。

我这两本小书，实际上贯穿了西汉从武帝到宣帝四位皇帝在位期间的宫廷政治斗争，重现了汉武帝刘彻、汉昭帝刘弗陵、汉废帝刘贺和汉宣帝刘询在这些斗争中所展现的政治形象。

在这当中，汉武帝晚年的政治形象，是所有这些论述最重要的基础，而从宫廷斗争角度看，汉武帝和卫太子之间围绕着皇储地位发生的冲突，可以说是这一时期一连串儿"宫斗"大戏的第一幕演出。在我看来，汉武帝与卫太子之间的冲突，本来只是一场平常得不能再平常的"宫斗"，可是当代著名学者田余庆先生，却把这场宫廷权力斗争解释成了一场"尚功"抑或"守文"的路线斗争。

我撰写的《制造汉武帝》这本小书的核心内容，是论述汉武帝晚年是否像宋人司马光所说的那样，转换了其实行一生的"尚功"方略改而"守文"。所谓"尚功"，就是汉武帝登基之后搞的那一整套祸国殃民的做法：对内横征暴敛（特别是以"盐铁专卖"为标志的经济政策）；对外耀武扬威，出兵四方，给平民百姓的生活造成了极大的痛苦。我们看《史记》《汉书》，看到的汉武帝就是这样一种政治形象。

可是到了北宋，当司马光修撰《资治通鉴》的时候，因为想要通过"以史为鉴"的形式来体现他的政治主张，就刻意构建了一个幡然改过的汉武帝晚年政治形象，让这个独夫民贼摇身一变，转换成了一副圣明君主的模样。

《制造汉武帝》用很专门，也很具体的论证考辨了汉武帝晚年的真实面貌。事实上，正是由于汉武帝对后宫和储位之事处理失宜，让卫太子产生忧虑，才导致"巫蛊之祸"的发生，而汉武帝更深的猜忌才造成汉昭帝年幼登基，从而引发后来一系列宫廷纷争。

假如说汉武帝像司马光所希望的那样在晚年对自己一生残暴刻毒的行为进行了彻底的反悔，大彻大悟，就不会对继位人选做出这样的安排，接下来的历史剧目，就会与我们今天看到的情况出现很大不同。这看上去似乎是一种历史的偶然，实际上又是一种必然。在缺乏社会公众监督的情况下，专制统治者控御天下越久，他对自己独断专行的能力会越加深信不疑，因而根本不需要反省和改变自身的行为。中国古往今来的历史，就是这样走过来的。

汉武帝不仅对自己的残暴统治没有做出任何更改，而且由于他安排刘弗陵这个孩童继位做皇帝，还配套安排了霍光等一组大臣来辅佐朝政。西汉接下来的宫廷政治斗争，包括刘贺的立废以及远封海昏在内，一直到宣帝前期，都与霍光秉持政柄有关。追根溯源，造成这一局面的直接原因，就是"巫蛊之祸"。

关于"巫蛊之祸"，过去的研究者普遍认为卫太子在这一事件中是很清白的，是被奸臣江充挟私报复而无端遭受诬陷。按照这样的理解，就很难解释汉武帝临终前对皇位继承人的安排，就不能从根源上清楚地说明，何以会出现霍光专权以至擅行立废君主的局面。

审视这些通行的说法，其文献依据，不过是《汉书·武五子传》所记"上知太子惶恐无他意"以及"上怜太子无辜，乃作思子宫，为归来望思之台于湖"这些浮泛的虚话，仅仅依据这些缺乏实质性内容的表述，就断定卫太子根本没有对汉武帝施行巫蛊之术。

那么，在此前提下，汉武帝为什么在卫太子死后，直至他本人去世之前，还有三年多时间，却一直空缺储位，不再新立太子？另一方面，汉武帝临终前又为什么不让业已成年的燕王刘旦、广陵王刘胥和昌邑王刘髆继位，却偏偏要把这汉家江山交给年仅八岁的幼童刘弗陵？这些，就成了一个很不好解释的问题。

综合分析当时各方面情况，我认为，促使汉武帝做出这一安排的直接原因，就是卫太子对他施行巫蛊并发兵反叛。在《制造汉武帝》一书的初版中，我只是简单陈述了自己的基本看法，并没有对此做出具体的论述，想不到此书出版后，很多读者对我这种看法提出质疑，很难接受卫太子对汉武帝施用巫蛊这件事。为此，我又特地撰写了《汉武帝太子据施行巫蛊事述说》一文，详细阐释我的思索和依据。现在大家看到的增订本《制造汉武帝》，就增附有这篇文章，以供大家更好地了解相关情况。相信不相信我的结论，是读者自己的事儿，但我提出自己的看法，是经过慎重思考的，也做了很具体的论证，有人若是愿意认真思考这一问题，认真探讨这一问题，是应当对敝人的论证有所了解的。

在这第一幕演出中，从对待卫太子的态度到对刘弗陵的安排，都明显透露出汉武帝刘彻因一意希求长生久视，亿万斯年，永享社稷江山，根本不愿真正考虑皇位的实际继承问题。这活脱脱是一副愚蠢至极、贪婪至极的昏君形象，与其雄才大略的外表，是截然相反的。

汉武帝去世之后，接下来演出的第二幕"宫斗"大戏，主角是权臣霍光。这出戏是围绕着霍光对朝政的掌控而展开的。

这场宫廷权力斗争的结果，进一步彰显了汉武帝的愚蠢形象。真是聪明反被聪明误，一手把自己的宝贝儿子整成了霍光掌上的玩偶。至于汉昭帝刘弗陵，在其稍稍成人，具有足够的认知能力之后，确实没有辜负汉武帝的赏识，表现得非常聪明，老老实实地听凭霍光摆布了一辈子，在历史舞台上留下了一个颇识时务的傀儡皇帝形象。

刘贺的登基与废位，是这场"宫斗"大戏第三幕的主要内容，也是我在《海昏侯刘贺》这本书中讲述的核心问题。在这一幕演出中，刘贺出演的是一个荒唐不着调的傻公子、傻皇帝形象。虽然傻，但还不算坏。但人要是太傻，确实也干不成什么事儿，尤其不适宜操弄宫廷政变式的把戏。刘贺本想擒拿霍光，却被霍光率先起脚，一脚踢出了皇宫。

霍光发动宫廷政变赶走刘贺之后，依然需要扶持一位刘姓皇帝。这次，霍光选中了卫太子的孙子刘病已，就是历史上的汉宣帝，而汉宣帝登基以后对霍光的态度以及他在霍光去世后对霍氏家族成员的处置、对朝政的控御，还有对刘贺的最终安排，所有这些政治行为，就构成了我们这里所说一连串儿宫斗大戏的最后一幕。

大戏谢幕，曲终人散，而我们不难看出，不管是昭帝刘弗陵、废帝刘贺，还是汉武大帝刘彻，其政治形象都远不能与汉宣帝相比。汉宣帝的智力和政治手腕实在高人一等，是一位精明强干的皇帝，霍光给他安排了一个很合适的工作。

从事学术研究是一项很复杂的事情，理解别人的研究有时也很复杂。《制造汉武帝》和《海昏侯刘贺》这两部书出版之后，得到很多人的关注，这对我是很大的鼓励。在阅读拙著之后，读者们也对我的一些观点和表述形式颇有一些不同的看法，或是表示不够理解。这一点，在《制造汉武帝》一书上表现得尤为突出。

　　针对这一情况，现在大家看到的增订本《制造汉武帝》，增附了《〈制造汉武帝〉的后话》这篇讲稿——这是 2017 年 5 月 20 日在南京工业大学一次讲演的文稿。这篇文稿，针对本书出版后读者的疑惑、议论和批评，比较系统地阐述了我的旨意、态度和看法。我想，它能够加深读者对这本小书和我本人治学旨趣的了解。

　　学术研究，是永远没有止境的。读者的质疑和批评，是帮助我进一步深入探讨相关问题的重要推动力。在这个增订本《制造汉武帝》中，我补充说明了对卫太子实施巫蛊一事的具体论证过程，但若是由这个问题再进一步思索，还会牵涉汉武帝时期所谓"卫氏集团"和"李氏集团"问题。所谓"卫氏集团"和"李氏集团"，也是我虽不赞成但在《制造汉武帝》一书中未能清楚阐述的一个重要问题。鉴于这一说法的普遍性，它几乎成了一种通行的常识，因此很多人也会关心我的不同看法。我想，以后若有合适的机会，我还应该对这一问题，做出适当的论述。

2018 年 8 月 18 日下午

讲说于上海书城

就《制造汉武帝》答凤凰网记者问

1. 您的《制造汉武帝》在三年之后出了新的增订本。您在增订本中增加了哪些内容？为什么会增加这些内容？

答：很高兴接受您的采访。关于这本小书，有很多让我想不到的事情。

《制造汉武帝》本身是一本学术性很强的书籍，写法也很专业，原来是一篇篇幅稍长的论文，并没有想到会作为专书来出版。出版这本小册子，首先要感谢三联书店的副总编辑舒炜先生。舒炜先生读到我在《清华大学学报》上刊出的这篇文稿后，主动联系我，帮助出版了这部书。这是第一件让我想不到的事情，没想到竟然出版了这样一本书。

同样都是历史学研究人员，也是各有各的专业。某个学者深入研究很专门的历史问题，其他不研究这一问题的人，通常是不会多加关心的；现在生活节奏快，学术研究之外大家忙的事情还有很多，关注别人专题研究的人自然愈加稀少。可是，我这部书出版后，却受到很多历史学者的关注，这是第二件让我想不到的事情。众多历史学者对它的关注，既有对结论的惊讶，也有对方法的诧异。当然，讶异之余，有的人接受了我的观点和论证，也有的人感到难以接受，以为拙说不能成立。这是学术研究中很正常的现象，也是一个新观点面世时必然要经历的场面，不足为怪。

让我意想不到的第三件事，是在专业历史学者之外，这本小书还引起了社会公众的广泛关注。《制造汉武帝》初版于2015年10月，当时印了7000册；很快，在2016年5月又印刷了第二次，加印了4000册。这样，先后两次总共印行了11000册，而且很快就又售罄了。对于专业性如此之强的小书来说，印行的数量实在是很大的。这当然是缘于社会上有一大批较高层次的普通读者在关注此书，阅读此书。不管是专业历史学者的关注，还是普通历史爱好者的关注，关注的人多了，读者们产生的疑惑以及对拙见的质疑和反对，也随之增多。

刚刚出版的这个《制造汉武帝》的增订本，一下子就又印了10000册。一方面是由于前两次的印本已经售罄一段时间，可还是求之者众，不能不增印新本，以满足市场的需要；另一方面，针对读者的疑惑、质疑和反对意见，也应该在新的印本里做出适当的响应，这样可以帮助读者更好地了解我的认识，而这些就是所谓"增订"的内容。

在这个增订本中，主要是在正文后面添附了两篇文稿。

一篇是《汉武帝太子据施行巫蛊事述说》，这是一篇专题论文，主要是对初版本中所说卫太子确实对乃父施行了巫蛊这一提法做出补充论述，因为许多读者觉得此事匪夷所思，不得不具体加以说明。

另一篇是《〈制造汉武帝〉的后话》，这是一篇讲演稿，直接针对人们的疑惑、评议、质疑和批评意见，比较系统，也比较全面地阐述了我的旨意、态度和看法，但并不是和其他持不同意见的人讨论相关问题。附加这篇讲稿，可以帮助那些想要了解我的读者更加准确地认识我的治学旨趣，而不是为了让所有读者都接受我的观点。

2. 一直以来我们从历史课本中得到的知识都是，在汉武帝晚年，皇后卫子夫、太子刘据都冤死于"巫蛊之祸"。您的观点是太子确实对汉武帝实行了巫蛊，这让很多人觉得无法接受。您能谈一谈，作为父子至亲，太子刘据为什么要下蛊诅咒汉武帝吗？

答：历史课本中有很多内容，存在值得探讨的地方，大学、中学、小学的教科书中，不同程度地都存在这样的问题。很多大家习以为常的基本史事，若是深入追究起来，却很有可能完全不符合历史实际。例如，前些年我受邀参与中国历史课本的审订，发现很多种课本中都把"还我河山"那几个字的拓片，当作岳飞的真迹印在书上，而这实际上是民国时期人伪造出来的赝品。在我看来，您讲的中国历史课本中关于"巫蛊之祸"的叙述，就同样存在很大问题。

关于卫太子在"巫蛊之祸"中的实际作为，各位朋友可以

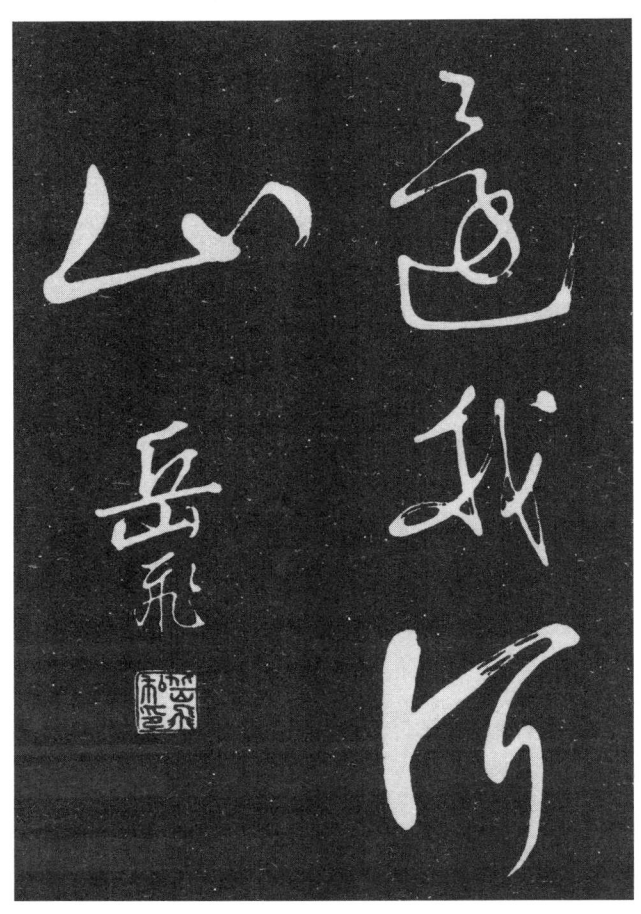

民国前期童世亨伪造所谓岳飞书"还我河山"刻石拓本
（据童世亨编著《中国形势一览图》）

看我在《制造汉武帝》增订本中的叙述，在这里就不再展开讲说了。下面，我就简单谈一谈太子刘据为什么要下蛊诅咒汉武帝这一问题。

首先，父子至亲在特殊的利害得失面前操刀相向，古今中外都不乏其例，这本来就是人性中的必有之义，一点儿也不值得奇怪。在专制体制下，权力的绝对性往往会使当事者失去回旋的余地，在当政者与继位者之间，尤其容易发生这样的血腥故事。

其次，汉武帝暴虐异常又猜忌成性，不但四处出兵，致使生灵涂炭，其横征暴敛，也弄得民不聊生，而且举朝上下的官员和他身边的亲人，也是官官自危，人人自危。像以鞍马骑射出身的公孙贺，在被擢任为丞相的时候，鉴于前面几任丞相都被汉武帝治罪整死，竟然吓得长跪不起，顿首涕泣，不肯接受印绶。汉武帝置之不理，离座而去，他才不得不勉任其职。别人看了奇怪，问公孙贺为什么不喜反悲，他不禁哀叹此生"从是殆矣"，也就是"小命即将交待在丞相的位置上了"。果然公孙贺很快就死在了这一官位之上，实际上是所谓"巫蛊之祸"的第一位受害者。无可奈何之中，几乎人人盼望汉武帝速死。他身边的官员和家人，像陈皇后和公孙贺子公孙敬声、丞相刘屈牦，就都通过巫蛊之术，诅咒他死亡。

明白这些情况，也就很容易理解，当时的情况，不是卫太子刘据冷酷无情，而是汉武帝祸国殃民，丧尽人心。诅咒汉武帝刘彻早一天死去，是人心所向，这是卫太子对他行用巫蛊的大前提、大背景。因此，站在天下苍生的立场上看，卫太子做的并不是什么坏事，尽管卫太子也未必有什么不同于乃父的仁慈的政治路线。我在《制造汉武帝》一书中提到的南朝宋文帝刘义隆，与汉武帝一样暴虐而又猜忌险刻，结果逼迫其太子刘劭和长女东阳公主竟不得不行用蛊术咒其死掉，刘劭最终兴兵弑父。

具体地讲，卫太子当时面临着被汉武帝废黜储位的危险。在他的生母卫皇后年长色衰之后，汉武帝后宫当中，王夫人、李夫人、李姬、尹婕妤和赵婕妤等相继得宠，王夫人和李姬还都为武帝育有皇子，因而不管是卫皇后，还是卫太子，随时都有可能被汉武帝废掉现有的位置。更为严重的危险，是在巫蛊之变发生之前三年的太始三年（前94），正在大受汉武帝宠幸的赵婕妤，生下一个儿子，这就是后来的汉昭帝。据说昭帝是赵婕妤"任身十四月乃生"。晚产这本来可能给新生儿带来问题，可老年得少子的汉武帝却是欣幸不已，把这视作天降圣子，说什么"闻昔尧十四月而生"，于是命名赵婕妤生他时临近的那座宫门为"尧母门"。尧是上古的神圣帝王，尧母生出来的儿子当然只能是帝尧，可见汉武帝在后来的昭帝甫一出生之际，就萌生了废黜卫太子而令其取而代之的意图。

这对于卫太子以及乃母卫皇后来说，显然是临头的大祸。事情已经到了无可回避的地步，总要想个办法，有所应对，而由于汉武帝的严酷控制，卫皇后和卫太子这母子俩在当时实际上是束手无策。只有汉武帝马上死去，他们才能够从灾祸中得到解脱。困窘中的卫太子，能够做的，只有按照当时人的通行做法，行用巫蛊之术以诅咒汉武帝快快死去。——这就是卫太子对汉武帝施行巫蛊之术的基本原因。

3. 您在《制造汉武帝》一书中指出，汉武帝晚年发布的"轮台诏书"并非"罪己诏"；太子刘据与汉武帝并没有治国路线的冲突。那汉武帝晚年真实的治国路线究竟是什么呢？

答：对，这一点是我在《制造汉武帝》一书中论述的一个基本问题，不需要详细在这里讲说。现在颇有一些人喜谈《盐铁论》，我想只要不带成见地读过一遍《盐铁论》，很多人都会理解，我对这一问题的看法，是符合历史实际的。简单地说，即汉武帝并没有像司马光所说的那样，在他的晚年，幡然悔悟，改而实行了一条与其前期截然不同的新的治国路线。这条所谓新的治国路线，也可以像一些学者那样，把它表述为符合儒家政治理想的"守文"的路线。

我的看法很简单，汉武帝一生都在祸国殃民，终其一生，并没有做出根本性的改变。其祸国殃民的具体表现，就是通过盐铁专卖、均输等措施疯狂搜刮民财，而且严刑峻法，压迫民众；同时，还大量征发民众从军，四方出击，扩张领土，不仅耗费巨额资财，还使无数生灵涂炭。

在其晚年，对外出征作战虽然明显减少，但这并不是其治国路线发生了改变，而是汉朝的疆域已经达到中原政权所能扩张的极限，是没的打了，而不是不想打了。

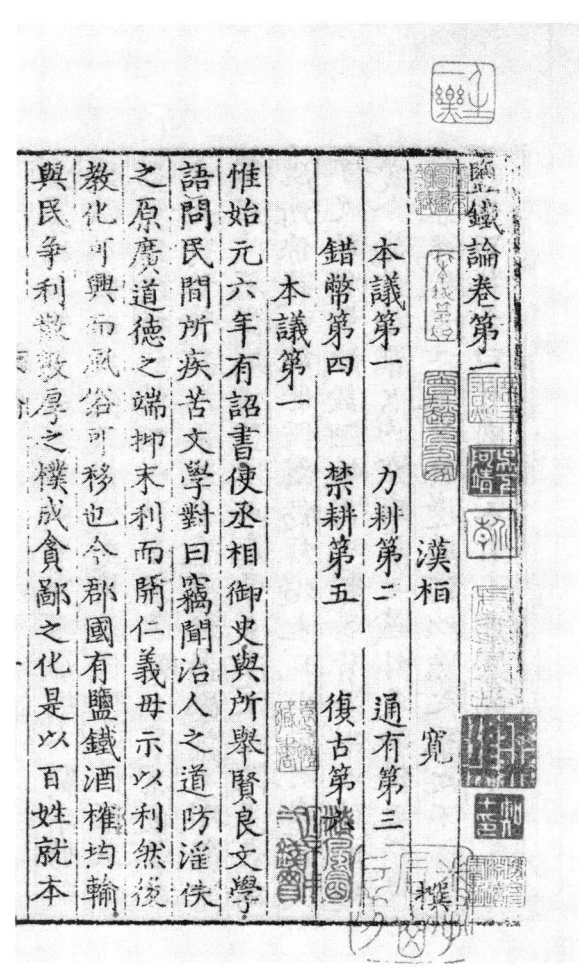

《中华再造善本》丛书影印国家图书馆藏
明弘治十四年（1501）涂祯刻本《盐铁论》

其实任何一个专制统治者，恐怕都很难像司马光所希望的那样罪己改过，痛改前非。绝对的权力，带给他们绝对的自信。汉武帝不仅相信汉家江山会亿万斯年，甚至他还确信，这一片江山会一直由他本人统治下去，因为他以为自己一定会长生不老。皇帝的新衣，不是穿在身上，而是披挂在他的心里。专制统治的改变，只能是统治者被人民的反抗而推翻。这是历史的规律。

4. 根据您的研究成果，您如何评价汉武帝的一生功过？

答：这个问题太复杂，超过了我的知识素养太多，我并不具备这个能力，更没有做出相应的研究成果。

假如就我粗浅的了解大而无当地讲两句话的话，那么，汉武帝是中国历史上一位"划时代"的人物。这个"划时代"指的是什么呢？我觉得中国古代的历史，在春秋战国之际是一个大的转折，下一个更大的转折，通常大家都说是秦始皇统一中国。但这个转折太大了，正因为太大，实际上一下子是无法彻底实现的，强制实行的结果，是秦之短命以二世而亡。汉朝的建立，较诸秦朝，在一些方面显现出明显的倒退色彩，譬如刘邦的分封。若是回溯到西楚霸王项羽的分封，这一倒退的性质就能看得更加清楚。这实质上是一种调整，是对秦始皇新政的一种调适。这样的调适，直到汉武帝时期，可以说才基本完成。也就是说，是由暴君汉武帝完成了暴君秦始皇开始的社会大变革。完成这一变革的具体时间，大致可以定在太初元年

（前104），所谓"太初改制"，是中国历史上的一个大事件。我认为，从这一意义上认识汉武帝的历史地位，才能更好地评判其是非功过。

不过这只是一种专业技术的角度，历史的评判，并不仅仅如此。历史是人造就的，也影响到我们现在生活着的每一个人，而后世每一个评价过往历史的人不仅对道义的认知会有很大差异，而且每个人都是有感情的，感情的差异往往更大，也更微妙。这些因素，都会影响评判的结果，绝不会有举世一致的认知，因而谈与不谈，并没有多大意义，人们尽可自是其是，自非其非。

若是让我从感情上对汉武帝做一个评价，那倒十分简单明了，就八个字——独夫民贼，恶贯满盈。

5. 司马光为何要在《资治通鉴》中塑造出一个晚年罪己悔过的汉武帝形象？他又是如何做到的呢？这个案例对我们今天喜欢读历史的读者来说，有什么样的启示？

答：司马光是一位很伟大的政治家，对国家、对民众，都充满关怀。他写《资治通鉴》，不是简单地实录史事，更在意选录自己所需要的史事，以史为鉴，从中吸取治国平天下的经验和教训。

不仅是司马光，中国古代所有政治家，在读史书的时候，都特别重视汉代，喜欢以汉代的史事作为事例，来说明对现实生活的合理抉择。

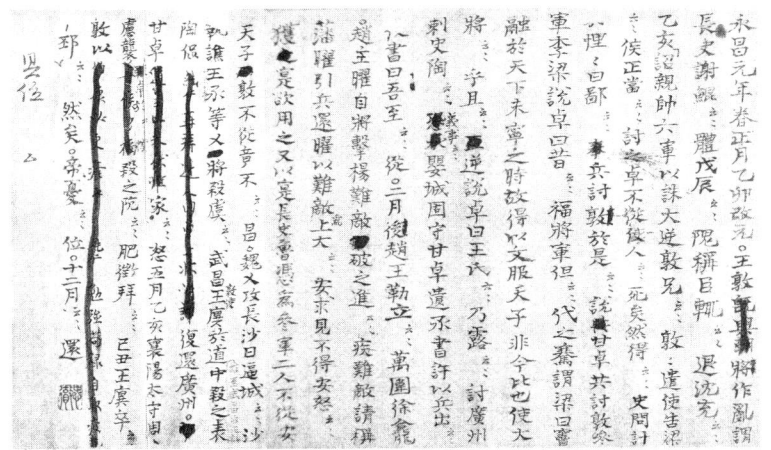

司马光《资治通鉴》手稿

在汉代的帝王之中，汉武帝统治时间长，兴事多，是一位非常具有代表性的皇帝，是司马光想绕也绕不开的。可是，假如完全依照《史记》和《汉书》这些比较可靠的原始记载来写，汉武帝一生的作为，都是不符合司马光的政治追求的。读这样的史书，不管是帝王，还是大臣，都学不到个好样儿。

于是，司马光花费一番心思，从南朝时写成的小说《汉武故事》中找到了他想要的资料。在这里，我们可以看到两项重要的内容。一是在汉武帝与卫太子之间，存在着两条不同治国路线的斗争。"好人"是卫太子，他主张"守文"，身边还聚集着一大群"忠厚长者"；站在卫太子对立面的"坏人"，则是他的父亲汉武帝。这位父亲主张"尚功"，跟在其后的只是类似江充那样的"奸臣"。著名的"巫蛊之祸"，实际上就是这两条

班固漢武故事卷上

經典集林卷十五

臨海　洪頤煊　撰集

承德　孫彤　校訂

景帝王皇后內太子宮得幸有娠夢日入其懷　御覽八十

景帝常夢高祖謂已曰王美人生子可名爲彘　案太平御覽八十有及生之焉八字　以乙酉年七月七日旦生武帝於猗蘭殿世家索隱　北堂書鈔二十三初學記九又十文選宋元皇后哀策文注太平御覽三十一又八事類賦注五

武帝四歲封爲膠東王數歲長公主抱着其膝上問曰兒欲得婦不膠東王曰欲得婦長主指左右長御百餘人皆云不用因指其女問曰阿嬌好不案史記外戚世家索隱引后字於是乃笑對曰好若得阿嬌作婦當作金屋貯之長主大悦乃苦要上遂定婚焉　初學記十藝文類聚十六又八百一十太平御覽百四十一又百四十一又百四十一事

路线斗争的白热化。《汉武故事》中的另一项重要内容，是汉武帝在其晚年幡然醒悟，洗心革面，下诏罪己，摇身一变，成了一个符合宋朝儒家知识分子期望的圣明君主。这两项内容，都很合司马光的心意。

按照儒家的纲常伦理，天子再坏，臣子也是无可奈何的，不能取而代之，只能期望他自己改恶从善。若是连汉武帝刘彻这样的暴君都能重新做人，那么，以此为鉴，还有什么样的帝王不能被劝说改弦更张以放弃自己的暴政呢？这样，我们就看到，司马光经过精心剪裁，把这些小说里编造的内容，像信史一样写到了《资治通鉴》当中。

司马光的政治追求，无疑是很高尚的，也是颇为值得赞扬的。但我们今天在阅读《资治通鉴》的时候一定要注意，这只是他的一个美好的愿望，绝不是历史的真实。轻易相信《资治通鉴》的记载，一方面，会误导人们对人类社会活动的判断，像司马光一样对专制统治者抱不切合实际的幻想；另一方面，这也不利于我们学习真实的历史知识。

汉武帝的晚年政治取向问题，并不是一个孤立的个案，《资治通鉴》一书中类似的问题还有很多。在学习历史知识的时候，我们应该对历史纪事的时代早晚和可信性大小尽量有所了解，同时尽量直接接触那些写作时代更早，也更为可靠的历史著述，这样才能获取更多靠得住的知识。譬如关于秦和西汉的历史，最好还是先读《史记》和《汉书》，读《盐铁论》，然后在有余暇的时候，再去读司马光的《资治通鉴》。

6.*海昏侯刘贺曾经被立为皇帝，但二十七天后就被废为平民，后来又被册封为位阶很低的海昏侯。这个戏剧性的过程与汉武帝晚年的政治格局有何关系？他的这个封号是带有贬义的吗？*

答：海昏侯刘贺的命运，与汉武帝晚年的政治行为息息相关。这主要是由于汉武帝有惩于卫太子施行巫蛊并起兵反叛，从而对所有成年的皇子都不放心；再加上他一味痴心于长生不老，以致储位空缺，未能做出合理的安排。直到临死之前，才匆忙地让幼小的少子刘弗陵继位，就是后来的汉昭帝。

小皇帝年龄太小，当时只有八岁，这就给辅政大臣霍光专擅朝政提供了条件。尽管汉武帝本来精心设计了一个五人辅政团队，让这几个人互相牵制，但由于皇权的机制本身是专制的，五臣共和也就必然地变成了霍光独揽朝政的局面。

这样，汉昭帝就成了霍光手中的傀儡。昭帝明白自己的地位，很听摆弄，不过不知是不是与晚产了四个多月有关，他身体很不好，才二十二岁就死去了，也没有留下子嗣。霍光不学无术，胆子不大，从来没想过像后来的王莽那样名正言顺地建立个霍家王朝，这就还需要另选个刘家人做傀儡。于是，就把刘贺从昌邑国请到了长安城未央宫。想不到刘贺脑子实在不太灵光，竟然发起狂来想要做真天子，还想动手收拾霍光，霍光只好先下手为强，将其废为罪囚。

接下来重选的这位傀儡，也就是后来的汉宣帝，与汉武帝晚年的政治格局具有更直接的关系——他是卫太子嫡亲的孙子。正因为祖父的反叛，使他少时历经波折，洞明世事，不仅与霍光相安无事，还终于等来时机，一举清除了霍家的势力，使江山社稷重归于汉家。

汉宣帝做起真天子之后，对刘贺的处置，是他给汉武帝晚年以来的政治斗争所画下的一个句号，宣告了这一阶段政治斗争的终结。对于刘贺来说，与皇帝和他原来的昌邑王相比，海昏侯只是一个列侯，位阶看起来好像很低，但须知在汉宣帝这次册封之前，他是以罪囚的身份被霍光禁锢在昌邑国故宫里面，比起这样的状况，封侯已经是一种很优渥的礼遇。至于"海昏"这个侯国的名称，只是沿用当地的地名，不能望文生义说它有什么贬义。常语云"士可杀，不可辱"，何况刘贺好歹还是个做过二十七天皇帝的人。汉宣帝册封刘贺，更深的用意，是抚慰其他刘姓皇室成员对霍光长期专擅朝政的不满，因而也就更不会刻意用侯国的名称来侮辱刘贺了。

2018 年 9 月 14 日

谈《海昏侯刘贺》与《制造汉武帝》

——答关中大书房友人问

【案语】2018 年 11 月 21 日下午，敝人在西安"万邦书店·关中大书房"与热心读者举行了一次见面活动。活动结束后，关中大书房的友人向敝人提出了几个很多读者都很关心的问题。下面，就是我以书面形式表达的对这些问题的想法。

问：《海昏侯刘贺》非常受欢迎，但是刘贺在汉史中记载相对较少，请问您当时为什么想写刘贺？又是如何寻找到相关史料进行研究的呢？

答：《海昏侯刘贺》一书出版后，被很多人接受，得到很多读者朋友的欢迎和支持，这是我始料未及的。

因为就其实质内容而言，这是一本非常专门的书籍：论述的问题非常专门，涉及的范围也一直是在很专业的领域，而且提出的观点也相当独特，绝非通行的一般性说法——即使是在相关专家的专题研究著述当中，也显得太过于与众不同；甚至在某些专门研究秦汉史的学者看来，可能很有些他们意想不到的"标新立异"的味道。这样专门的书籍受到的欢迎，远超出我预想的范围，正因为如此，我在向这些读者表示谢意的同时，还要奉上由衷的敬意。

其实我这本小书出人意料的地方，主要还不在于我的观点，而是这本书本身——把有关刘贺的问题，写出这样一本书来，对于了解西汉史事的大多数专家来说，恐怕是一件有些不可思议的事情。现在它却被写了出来，也正式印了出来，还受到这么多读者的欢迎，首先应该感谢三联书店。

为什么写出这本书有些不可思议？就是如同您所说的，关于刘贺的直接记载，在载录汉代历史的基本典籍，也就是《史记》和《汉书》当中是着墨不多的；实际上更准确地讲，应该说是文字寥寥。俗话说，巧妇难为无米之炊，研究历史讲究有一分证据说一分话，关于刘贺的直接记载如许之少，而我竟然在很短的时间内写出了这样一本二十多万字的专书来，所以就难免令人感到惊异了。

在这样的研究条件下，三联书店的编辑还提出建议，希望我来写出一本关于刘贺的专书，主要是基于如下两点考虑：第一，是海昏侯刘贺的墓葬发掘之后，引起社会各界的广泛关注，人们迫切希望能看到一本全面体现刘贺生平事迹的书籍；第二，编辑了解，我做过一些与刘贺有关的研究，在这方面具有一定的学术积累，能够在较短的时间内，拿出一部比较充实的具有学术质量的书稿。

我以前做过的与刘贺其人相关的学术研究，大致包括如下两个方面。

第一个方面，就较大范围内的一般性基础来说，是我从读硕士研究生起，就较多地接触了秦汉时期的历史问题，当然最初主要做的是秦汉时期历史地理问题的研究。几十年来，读书治学，一直也没有脱离过这个时代，所以，对大的历史背景，相对来说，并不陌生。

第二个方面，与海昏侯刘贺更具体的关联，是前几年我在研究汉武帝晚年政治取向和汉宣帝"地节"这一年号的由来时（前者出版了《制造汉武帝》，后者主要体现在《建元与改元》一书中），比较深入地切进了从汉武帝晚年至汉宣帝中期这一时段的政治史问题，刘贺的登基和废位，就是这段政治史中的一个重要环节；换句话来讲，可以说若是不能全面、准确地认识这一段政治斗争的历史，特别是宫廷权力争斗的历史，就不能合理地把握并解释清楚刘贺的命运。三联书店的编辑读过我这些论著，《制造汉武帝》这本书还是他们帮助我出版的，所以清楚了解我所具备的这些基础，于是就向我提出了撰写这本小书的建议。

其实，还有一些出版社也注意到了我在这些方面的研究基础，也曾向我提出合作出版关于刘贺著述的建议。这一情况，可以帮助大家理解我为什么在史料如此稀少的情况下还要来写这本关于刘贺的小书。

在这种客观条件下，要想写出这本书，实际上只能放宽眼界，从一个更大的政治背景出发来描摹刘贺的一生，但我之所

海昏侯墓出土铜质磬虡底座

以要这样写，更主要的原因倒不是缘于这样的史料基础，不是一种无奈的选择，而是基于内在的实质性需要——非如此则无法揭示刘贺其人的真实面目，看不到导致其一生跌宕起伏的根本原因，理不清其戏剧性命运的主线。一句话，是非这样写不可，而不是不得不这样写。这实质上是一部很专门的历史研究著述，不这样写，就没有历史的深度。希望各位读者朋友能够理解这一点。

至于在短时间内我是如何找到所需要的史料这一问题，是由于我具有较好的研究基础，这样在这方面就不会有多大困难了。

在深入的历史学研究中，史料的多与寡，总是一个相对性很强的问题，即历史文献中同样数量的文字记载，对于脑子里有问题的人和没有问题的人，意义是会有很大差别的，这并不仅仅是知道有什么记载或不知道有什么记载的问题。

不读书，当然不会知道有什么可以利用的史料。但读了书，甚至把书读得很熟，也不一定都能够明白在自己念到的这些书中到底有哪些内容可以用作史料。在我们各位朋友周围，大概都能够看到一些博闻强记的人，说起什么史事来都头头是道儿，简直如数家珍，可就是无法开动脑筋，去考释、解析一些历史事件或是历史制度。

对于一个研究者来说，这应该是一种很严重的缺陷，问题就出在其眼睛里看不到问题。有了问题，人们在史书中读到的各项记载，就会像一个个小精灵一样跳动起来，在没有问题的人眼中看似完全没用的史料，就会变得有用，甚至会发挥重大作用。这样一来，那些史料记载看似很少，以致令人无从下手从事的问题，就会在你的眼前笔下呈现出全新的面貌。

我个人体会，自己能够在直接材料很少的情况下，写出这部《海昏侯刘贺》，努力去发现问题，揭示问题，从而调动更多看似"僵尸"的文献记载，应该是很重要的因素。

问：2015 年，《制造汉武帝》出版后曾经引起了一些学术争议，请问您当时的写作目的和史学理念是什么呢？时隔三年后，您又如何看待当时的争议？

答：我写《制造汉武帝》，是想解析司马光在撰著《资治通鉴》时对汉武帝晚年政治形象的人为"构建"。这样做，符合司马光的政治理想，有利于传播和施行他的政治主张。情况就这么简单，实际上并没有什么特别的史学理念，只是在读书、教书过程中，无意间遇到了这样一个很具有典型意义的问题。

当年我在西安跟从史念海先生读书，老师教给我、我也一直笃信不渝的治学方法，就是很简单的四个字："读书得间。"如此而已。这本小书的名字虽然起得很有些"后现代"的意味，实际上我对问题的思考和具体做法，都土鳖得很。是在死读书的过程中发现的新问题，又试图通过死读书来解决这个新问题，于是就形成了这本小书。

这本小书出版后，引起很多人关注，也受到很多读者的欢迎。就学术界内部而言，赞同的，反对的，质疑的，视而不见并置之不理的，各种态度的人都有，当然还有一些人正式发表文章，公开表示了自己的意见。

这些公开发表的意见，我想大致可以分为如下几类：第一类，对拙作的观点基本上予以赞成和肯定；第二类，对拙作的观点持反对态度；第三类，用某种"历史书写"的观念或理论，对拙作加以解析。

对这第一类意见，我表示感谢，但因为跟我看法一致，在这里可置而不论。

第二类意见，又可以再细分为两个小的类别。第一个小类，在形式上没有直接针对我的文章发表看法，只是自行申说和我不同的认识。第二个小类，直接对拙说加以驳斥。不过这两个小类的学者，主要都是把目标指向了我的观点与田余庆先生的不同，都是要维护田余庆先生的观点，驳斥拙说不能成立（不过田余庆先生的观点并不是我这本书的中心论题）。

第三类意见，讲述的道理都很抽象，而我是个很愚拙的人，相应的素养差得很多。说老实话，我根本看不懂这些人说的是什么。

基于这样的原因，即使一定要讲的话，实际上我只能对第二类意见，做出自己的响应。可是，我一直觉得没有多大必要做这样的响应。至于为什么，我已经在《〈制造汉武帝〉的后话》这篇讲稿里讲得比较清楚了。

《〈制造汉武帝〉的后话》这篇讲稿就附在这次新印的《制

云南玉溪李家山出土西汉时期二虎一豹噬牛扣饰
（据玉溪地区行政公署编《云南李家山青铜器》）

造汉武帝》的增订本里，希望对这个问题感兴趣的朋友能找来看看。在这篇讲稿里，还讲到很多我对这部《制造汉武帝》的认识，希望对各位朋友更好地理解这本小书和我对相关问题的认识能够有所帮助。

时过三年，再看这些对我的批评，首先我要对这些批评表示感谢。

这些批评意见，让我重新检讨自己的论述，特别是认真查核其中一些关键的论证环节。在一些细节上，帮助我发现了自己论证的疏失。将来在合适的机会，我会对这些疏失做出修补。

　　同时，这些批评也让我意识到，还有一些问题，读者感到困惑，其中至少有一部分原因，是因为我在书中没有做出充分的说明。这提醒我有责任，来进一步解答人们的疑问。最近新印的《制造汉武帝》增订本所增附的另一篇文章《汉武帝太子据施行巫蛊事述说》，就是进一步详细讲述卫太子在巫蛊之变一案中的实际作为，而在原版本中这只是个一笔带过的问题。另外，我这次来我的母校陕西师大做讲座，讲座的题目是"谈谈所谓'卫氏集团'和'李氏集团'"，这也可以说是对巫蛊之变起因的进一步阐释，将来若有机会再版，或许也可以把讲稿增附到书中，以帮助读者更好地理解这本《制造汉武帝》。

　　至于《制造汉武帝》一书的基本观点及这本书的中心论题，看过学者们的不同意见，再经过郑重思考，我的认识是更加明确了，自信也更加坚定了。这也要感谢大家的批评。

　　问：现在很多人容易被小说、影视剧的历史戏说误导，请问您如何看待这一现象？针对科普性的历史作品您又如何评价？有计划去写吗？

　　答：过往的历史，是包括小说和影视作品在内各种文学艺术创作中一个很大的主题，也是一种资源丰厚的题材，而文学艺术的创作与历史学研究性质完全不同。我认为，通过这类题材的作品虽然可以获取一定的历史信息，但严格来说，历史题材的文学作品并不承负有传播历史知识的使命，这就像当年王俭写《汉武故事》一样。因此，人们没有任何理由从历史的真实这一角度去责难这些作品，历史学家尤其没有这个资格。这是因为历史学家的研究工作做得实在不够，即使真的让历史学家来清楚复原每一个历史场景，他们也是根本做不到的。当然更为重要的是文学艺术作品根本没有必要去做真真实实的历史复原。

西谚云"西泽的归西泽，上帝的归上帝"。作为一个普通的读者或是观赏者，假如一定要对历史题材的小说和影视剧提出什么期望的话，我更希望中国的这类作品能在艺术质量上做出更多的努力，能在直面世事与人心上做出更多的努力。

当然，我这样讲并不是说历史题材的小说或影视作品可以完全不顾历史实际，可以恣意胡来，总是要有个合理的分寸。然而我们一定要知道，一个社会是由很多人构成的，而每一个人的文化需求是有很大不同的。一个正常的社会，历史题材的文学艺术作品，同其他所有题材的作品一样，都是有特定的接受对象的，这要由市场来做取舍。从这一意义上讲，"戏说"的存在，是有其充分的合理性的。

我觉得，不喜欢，你就不看（我已经几十年没看过国产影视剧了，尤其是历史剧）。有些东西，根本就不是给你预备的。没有理由用你的"高雅"去贬斥别人的欣赏品味，甚至扼杀别人欣赏的权利。

至于普及性的历史读物，这倒是一个很有意思的问题。这些年市场上已经出现一批这类书籍，似乎也受到很多读者的欢迎。总的来说，这应该是非常好的现象。不过我没有读过，所以就不好发表什么具体的意见。

假如一定要从自己有限的经验和认识出发，就这一问题谈一点儿想法的话，我觉得，有一个现实的问题，是那些特别专业的史学研究工作者，很少写出这类能关照更多读者的著述。在很大程度上，这就意味着由专家深邃的研究成果到社会大众的阅读之间还存在着很大的隔阂。

当代中国民众接受文化教育的程度，较诸四十年前我上大学的时候，已经有了大幅度提高，可谓今非昔比。在这种情况下，仍然用"普及性读物"这类词语来统括我们现在所谈论的这个问题，似乎不够得当。

在我看来，在传统所说的"普及性读物"当中，至少可以划分出很大一部分用"通用读物"来表述的层次，其间的关系，可图示如下：

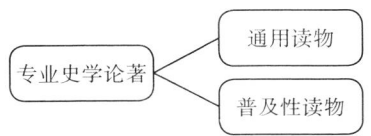

这种"通用读物"之"通"，主要表现在可以成为历史学专家学者和较高文化程度的非专业人士的共同读物。在这当中，有一部分著述，主要是以一种更容易为非专业人士所接受的形式来转化历史学界业已取得的研究成果；另有一部分，则主要是以这样的形式来展现最新的研究成果，例如黄永年先生

的《唐太宗李世民》《〈旧唐书〉与〈新唐书〉》，还有黄仁宇先生的《万历十五年》；其他更多的著述，则是介于二者之间，既有作者的研究，也不同程度地掺有对学术界已有成果的转化述说。总之，是努力就一个相对集中的专题，阐释这类较多非专业人士比较感兴趣的问题；或者也可以说更主动地面向这些非专业人士接受的喜好和实际可能，把更多的专业研究成果提供给他们分享。

很多学者可能都很轻视这样的工作，但想要做好，是很不容易的，甚至要比单纯的专业研究论著要更难，难得很多。这是因为写专业研究论著时你可以回避的很多内容，在这样的"通用读物"中就难以躲得过去。这既是对学者研究能力的考验，也是促进学者提高自己研究能力的一种途径。因此，不仅不会妨碍研究工作，还会推动学者的研究。

至于比这个稍低一个层次的传统意义上的"普及性读物"，要想写好更难，绝大多数专业史学工作者更不具备相应的能力了。

就我个人来说，前面已经谈到，三联书店帮助我出版的《海昏侯刘贺》，体现的本来是很专门、我自己觉得也很有深度的研究成果，可是却受到了意想之外的欢迎。这给了我很大鼓励，让我意识到可以积极地朝这个方向做些努力。今年8月在中华书局出版的《发现燕然山铭》，也可以说是我这种尝试的一项初步成果。最近，我又在尝试以类似的形式，写一些阅读《赵正书》的感想。另外，有合适机会的话，也还想尝试在其

祖国丛书

唐太宗李世民

黄永年 著

黄永年先生著《唐太宗李世民》

他方面、其他层次上做一些努力。只是自己的学术素养和文字能力都很不足，效果自然都不会十分理想。

不过我相信，要是能有一个健全的文化市场，出版界和学术界都多做一些积极的努力，将来一定会出现更多社会公众欢迎的高水平史学著述。

问：正确认识史料，每个人之间必然有所偏差，您是如何看待您与其他历史学家对于同一事物或同一人物的不同观点呢？

答：这个问题，有些太过复杂，也太难说清，而且前面我已经回答得太啰唆了。在这里，我就简单地讲八个字："各尊所闻，各行其是。"

2018 年 12 月 8 日晚笔答于北京寓室